Sniper
ngelasi
ACTERS
U0006186
遊戲ID
泡泡鈴
Profile
俞思晴
(16歲)
個性：單純、認真
普通的高中少女，喜愛
實境網遊，在各實境網
遊中都曾創過角、玩過
遊戲，雖不起眼，但玩
遊戲的技巧不輸給排行
榜高手。

Sniper of Aogelasi
Barrett
Profile
巴雷特
(18歲)
個性：溫柔、專一
遊戲內的ＡＩ武器，對主人絕對忠誠，總是用笑容帶過一切，對感情方面的事情很天然。相當重視自己的主人，將她像公主般呵護。
CHARACTERS

Sniper of Aogelasi
Sliver
CHARACTERS
Profile
銀
(20歲)
個性：一板一眼、認真卻脫線
耀光精靈的老朋友，為了追逐曾在其他遊戲一見鍾情的玩家而進入《幻武神話》，對ＩＤ帶有「鈴」字的玩家相當熱情。

Sniper of Aogelasi
CHARACTERS
Light Elf
Profile
耀光精靈
(20歲)
個性：開朗、活潑
與銀在現實是老朋友，無論是玩遊戲還是以會長身分下指令都相當厲害，很適合擔任這個職務。現實中是系學會副會長。

GOBOOKS
& SITAK
GROUP©

GOBOOKS
& SITAK
GROUP©

三日月書版

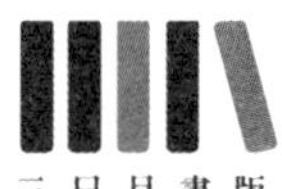

攻城混戰

著 草子信

繪 arico

Sniper of Aogelasi

奧格拉斯之槍

輕世代
FW241

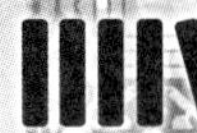

三日月書版

Sniper of Aogelasi

奧格拉斯之槍

contents

楔子

Sniper of Aogelasi

俞思晴和巴雷特之間的尷尬氣氛，並沒有隨著時間而減緩。

巴雷特不願再提起擅自提出交換武器ＡＩ的事，俞思晴也不知道該從何談起。每當她有意要問，都被巴雷特巧妙地轉移話題，最後也只能放棄。

舉起狙擊槍，將任務所需的怪物數量打完，俞思晴鬆了口氣。

為了不去想和巴雷特之間的問題，這幾天她勤於練等，好不容易爬到排行榜上，雖說尚未達到她的目標，但也算不錯。

不過，她的心情並未因為進展順利而好起來。

「巴雷特，我們去回報任務吧。」

「是。」

懷中的白色狙擊槍變回人形，恭敬地對她行禮。就是這份距離感，讓俞思晴覺得很鬱悶。自那天起，巴雷特再也沒有碰觸過她，也不再喊她「小鈴」。

她原以為自己能夠習慣，卻反而變得更加在意他。

沒辦法，誰叫她喜歡上巴雷特……

這份感情連她自己都覺得困擾，不知道該如何是好，也找不到能夠討論的對象。

「回去後順便去排行榜看看，今天應該會很有趣。」

「……是？」巴雷特顯然是對俞思晴說的話很有興趣。

俞思晴笑了笑，「遊戲封測後第一週的排行榜，對玩家來說可是非常有意義的。在這次的榜單上，可以明確地看出遊戲中的玩家程度，以及自己和那些人的差異，還有——」

她將食指貼在嘴邊，故意賣關子，「總之，你跟著我去看就會明白。」

巴雷特看著她的俏皮表情，微微一愣。

俞思晴可以看出，方才一瞬間，巴雷特彷彿回到從前的模樣，但沒有持續很久。

即便她試著用以往的態度和巴雷特說話，巴雷特依舊沒有任何改變的意思……嗎？

坦白說，她並不是完全沒有頭緒。

巴雷特會向安提出交換，肯定是因為之前被她拒絕而有所誤會。

可是現在巴雷特不願意聽她解釋，也不想和她談這件事，她根本沒有機會和他說清楚。

雖然巴雷特總是表現得很信任她，但到頭來，他從未真心地相信過她。

現在她只能等待，等巴雷特願意主動開口，這樣她才有辦法把想說的話說出來。

——那時，她也會把自己心裡真正的感覺，好好傳達給巴雷特。

第一章　新傳説聯盟（上）

Sniper of Aogelasi

排行榜四周相當熱鬧，大家都七嘴八舌地討論著榜上的名次。

俞思晴看看時間，剛好過排行榜的更新時間沒多久。對實境網遊的玩家來說，遊戲初啟首週的排行榜，可是相當重要。

只需一個星期，便能看出伺服器內的玩家程度，榜上前三名的玩家就是這個伺服器的王者。

這週以來，俞思晴的腦袋瓜裡都是巴雷特的事情，加上剛進遊戲就發生了「女神BUG」事件，她根本沒有辦法專心練角色。

回報任務後，她仔細地研究著自己的角色數值，嘆口氣。

「唉，這恐怕是我玩的所有實境網遊當中，成績最糟糕的一次。」

「我認為主人現在已經很強了。」

巴雷特並不覺得俞思晴狀況有她說的那麼糟糕，反倒認為她相當出色。打手性質的角色能上榜已經相當厲害，雖然不在榜上十名內，但十三名也是不錯的成績，俞思晴看起來卻不是很高興。

俞思晴鼓起臉頰，氣呼呼地關掉系統。

「不，這對我來說打擊很大啊！我以前都是首週前五名的玩家，看來這次真的發生太多『意外』了……」

說著，俞思晴將目光放在巴雷特的身上。

或許是感覺到她的眼神有些不對，巴雷特只能勉強地微笑。

「是因為武器性能的關係？」

「當然不是，要怎麼使用武器是玩家的工作。」俞思晴轉身走向排行榜，站在最後面仰望著名單。

果然不出她所料，榜上前三名有大神下凡的名字，就連無緣人也有前十名的好成績。

讓她訝異的是，大神下凡居然只排行第三。

「這個伺服器裡居然還有比那個變態更厲害的玩家？」俞思晴仔細一看，發現排名在大神下凡前面的玩家名字，有點眼熟。

「……銀？」她皺著眉頭，總覺得好像在哪裡聽過。

她努力回想，完全沒發現有人正偷偷靠近自己。

那個人調皮地彎下腰，在她耳邊說道：「妳叫我嗎？」

「哇！」俞思晴嚇了一大跳，下意識撲進巴雷特的懷裡。

沒料到她會有這種反應，巴雷特和嚇人的玩家都不由一愣。

「噗，妳的反應真可愛。」

被對方嘲笑，俞思晴反倒有點不爽。說起來，這張臉她好像在哪裡見過……

「妳還記得我嗎？」對方指著自己的臉：「我們曾在公會交誼廳見過一面。」

他這麼一說，總算讓俞思晴恢復記憶。她拍著手說：「啊！你是跟我同公會的——」

「銀。」銀自行報上名字，擺出一副受傷的表情。

俞思晴嘿嘿笑著，「不好意思，我實在不太會記人。」

「這也難怪，因為妳從沒有和同公會的人聯絡過，也沒有來公會據點。」

「哈哈哈哈……」除了苦笑，俞思晴實在不知道該做何反應。

她練角色練得太認真，反而忘記最基本的「人際關係」，再說她本來就覺得有沒有公會都沒差。

「不好意思，我玩得太專心了。」

「嗯，看得出來。」銀並沒有責怪她的意思，反而覺得她很有實力。

獨自練等就能爬上排行榜十三名，這可是相當驚人的成績。

「說起來，你也是來這裡看首週排行榜的嗎？」她張望四周，「會長怎麼沒跟你一起？」

「我們並不是每次都會一起行動。」銀解釋道：「耀光和我雖然是朋友，但我們更喜歡彼此切磋，簡單來說就是要比比看誰更厲害。」

「我懂我懂，我能明白你們這麼做的原因。」俞思晴笑了出來，突然覺得銀和自己挺合得來的，「不過，這回應該是你贏吧？你可是我們伺服器第二名的高手。」

「被人直接說出口，還真是怪不好意思的。」銀紅著臉，「耀光雖然這次輸給我，但她也沒輸多少。」

銀指著排行榜第五名的位置，俞思晴明白地點點頭。

「沒想到我們公會的玩家都挺厲害的。」俞思晴難得地對公會成員提起興致。

銀笑道：「確實，耀光抽到的都是好牌。」

被銀這麼一說，俞思晴這才開始注意他們公會的玩家排行榜，意外發現幾乎都在前五十左右。光是前五名，就已經由會長耀光和銀占去兩席。

不過在首週排行榜上，最受到注目的並不是他們公會，而是一口氣包辦五個名額的「無冠之王」，同時也是榜首玩家所屬的公會。

「看來之後開放的攻城戰，會很有趣。」俞思晴已經開始期待了。

「算算時間，攻城戰應該會在這週開始。」銀摸著下巴估算時間，不忘問道：「這次妳總會加入了吧？」

「當然會。」俞思晴早就迫不及待，摩拳擦掌，「應該說，我相當期待。」

「那麼妳應該在攻城戰之前，先和公會成員見面，聯絡感情。」銀說完，將一則訊息發給她。

俞思晴看了眼，原來是公會的每日聚會時間。

「我們每天晚上七點都會在雲霧峽谷聚會，大多分享練角色的心得，還有交換各處情報，座標就在我剛剛給妳的訊息裡。」

「嗯……我收到了。」俞思晴查了一下地圖，發現那裡是個小村莊，因為沒有任務NPC，很少有玩家會經過。

也就是說，那是個最適合聚會的地點。

「你們地點選得真好。」俞思晴眨眨眼，越來越覺得自己的公會不錯。以往她從來沒有這麼想跟公會成員見面的念頭。

「妳喜歡的話，今晚七點過來吧。我會等妳的。」銀說完，不知道看到什麼，突然變得匆匆忙忙，「啊！那、那個，我還有事，總之晚上七點，記得來！」

看著銀慌張地從自己面前跑走，完全失去原有的從容，俞思晴不免好奇起來。

「真是個奇怪的人，你說對吧？巴雷特……巴雷特？」

不知道是不是和銀聊得太專注，俞思晴根本沒有注意到巴雷特離開。

她焦急地在人群中尋找巴雷特的身影，卻怎麼樣也找不到，心頓時涼了一大半。

「巴雷特那個笨蛋，到底跑到哪去了！」俞思晴叫出系統，從地圖找到巴雷特的座標，二話不說立即趕過去。

一路上還不忘氣嘟嘟地碎念：「這樣自顧自地跑走，害人擔心……果然不把話說清楚不行，巴雷特的腦袋瓜就跟機械一樣，根本就不懂別人的心情！」

在城鎮的美食街上，她很快就找到懷裡抱著紙袋、和身旁的女孩子有說有笑的巴雷特。

看到這幕的俞思晴，頓時愣在原地。

什麼啊，虧她還急著找他……

俞思晴心裡感覺酸酸的，好像有什麼東西快要從眼眶裡溢出。等她回過神，發現自己正在哭。

「唉呀，小姐，妳怎麼在哭？」一個留著鬍碴、看起來不太正經的玩家走過來，親暱地摟住俞思晴的肩膀，「別難過別難過，就讓我來安慰妳——」

話還沒說完，他忽然感覺到一股銳利的眼神射向他，接著他的手臂就被人粗魯地從俞思晴的身上撥開。

「能不能請你把手從我的幻武使身上拿開？」

「痛痛痛……媽啊！」

那名玩家臉痛得發紫，回頭看到巴雷特恐怖的表情，嚇得連滾帶爬，逃之夭夭。

巴雷特嘆口氣，確定對方離開，才轉向俞思晴。

可是沒想到，俞思晴竟然在哭。

他原本在採買補給品，正要返回時，卻撞見俞思晴被人騷擾的畫面。

看到那隻手放在俞思晴的身上，他當下腦袋一片空白，只想盡快把煩人的蒼蠅從俞思晴的身旁趕跑。

「……主人？」看到俞思晴臉上的淚水，巴雷特臉色嚴肅地問道，「剛才那個玩家對妳做了什麼嗎？」

俞思晴沒有回答，只是拉住巴雷特的手，快步往沒人的巷子裡走。

「等、等等，主人？」

「閉嘴！」俞思晴不滿地鼓著臉頰，淚水還掛在眼角。

她的模樣令巴雷特無法拒絕，只好任由她拉著自己。

「對不起，我應該待在妳身邊，可是我看妳聊得很開心，所以才先去採買妳需要的東西。」

「你是我的ＡＩ武器，不是家政夫！」俞思晴生氣地轉過頭來，把巴雷特推靠在牆壁上，伸手壓住他的胸膛。

即便她的身高比巴雷特矮一截，也不失氣魄。

巴雷特頭冒冷汗，不知道自己做錯什麼事情，惹得俞思晴如此火大。

總而言之，先道歉再說。

「對不起。」

聽見他的第二次道歉，俞思晴的怒火不減反增。她轉手叫出副手短刀，直接插在距離巴雷特顏面不到一公分的牆壁上。

巴雷特的臉色由青轉白。

「主……」

「那個女生是誰？」

「……咦？」

出乎意料之外的問題，讓巴雷特愣住，一時沒會意過來。

俞思晴知道自己是在吃醋，但她就是沒辦法抑止。

「剛剛那個和你有說有笑的女孩子是誰！」

巴雷特思索一會兒，好不容易想起她問的人，便回答：「那是店長的女兒，她跟我說有好吃的蛋糕店，只要是女孩子都會喜歡……」

「所以你就傻傻地跟她走嗎？」

俞思晴雙眼眯成一條線，活像要脅平民百姓的黑道。

巴雷特實在忍不住，笑出聲。

被他這麼一笑，俞思晴反而不知所措。

「你你你、你笑什麼……哇！」

巴雷特突然抓住她的雙手手腕，將她摟入懷中。

原本氣呼呼的俞思晴，頓時像個小女人，滿臉通紅地縮在他的懷裡，動彈不得。

她能夠聽見自己劇烈的心跳聲，像是快要把耳膜震破。

巴雷特已經很久沒有這樣碰觸她了……

「我絕對不會拋下妳的。」巴雷特許下承諾。

俞思晴的心裡暖呼呼的，但他的下一句話馬上就讓她全身凍結。

「我一定會確定有其他人能保護妳，才會放心離開。」

俞思晴黑著臉推開他，皺起眉。

「趁這機會跟你說清楚，除了你，我誰都不要。」

可是巴雷特看著她，臉上的表情十分痛苦。

「巴雷特，我——」她急著想要解釋當時的誤會，卻被私人訊息傳來的通知聲響打斷。

兩人尷尬地僵住身體，直到巴雷特放開手，他們才分開。

「是來自會長的訊息，主人。」

俞思晴的雙頰彷彿仍留有巴雷特的身體熱度，怎麼樣也退不下來。

她有點不是滋味地一邊打開耀光精靈的訊息，一邊和巴雷特說道：「我說過，不要喊我主人。」

巴雷特頓了下，沒有回答。

「像以前那樣喊我小鈴……不行嗎？」

「……如果這是妳的命令，我會遵從。」

「命令……嗎？」俞思晴抬頭看他，「明明一開始還親暱地叫我本名，為什麼現在不行？是因為我拒絕過你？」

巴雷特沉默不語。

「我當時不是那個意——」

「嗶嗶嗶！」

這回換通訊系統傳出聲音。

俞思晴強忍著被打擾的怒火，不理會來訊，打算先和巴雷特把話說清楚。

「我當時只是——」

「嗶嗶嗶嗶！」

「……妳還是先接起來吧，搞不好是急事。」巴雷特很不願這麼說，但老是被打擾，會讓他在意到沒辦法聽下去。

俞思晴鼓著臉，按下通訊鍵。

還沒開口，對方就熟稔地和她打招呼。

『哈囉哈囉！親愛的小泡泡，好久不見啦？還記得我是誰嗎？』

俞思晴看著螢幕裡的面孔，嘴角不由得抽搐。

『會長，妳怎麼會突然找我？』

一個星期沒有聯繫的耀光精靈，突然這麼急著找她，案情肯定不單純。

耀光精靈燦爛的笑容突然變得詭異起來，令俞思晴寒毛直豎，直覺不是什麼好事。

『銀跟我說他剛剛遇到妳，也把我們公會的據點跟妳說了，對吧？』

『是沒錯。』

『那妳現在過來吧。』

『現在？聚會時間不是晚上七點？』

『妳過來就是了，會長的話要聽，乖！』

耀光精靈說完，不等俞思晴回答便擅自切斷通訊。

俞思晴盯著通訊系統發愣，直到巴雷特和她說話才回過神。

「小鈴？」

聽見這個熟悉的稱呼，俞思晴驚喜地轉過頭。

不得不承認，她的心情竟然因為巴雷特願意喊她「小鈴」而撥雲見日，耀光精靈帶給她的煩躁感，瞬間就消失無蹤。

巴雷特似乎沒想到她會這麼開心，也跟著露出笑容。

「去嗎？」

心情變好的俞思晴，自然沒有拒絕的理由。

「去。」她咕噥著，「不去的話她大概又會奪命連環call吧，我可受不了。」

既然她和巴雷特的關係正在慢慢修復，那麼現在還是先順著耀光精靈的意，省得老是在關鍵時刻被她打擾。

只要能解開巴雷特對自己的誤會，要俞思晴做什麼事情都沒問題。

這樣想想，她還真是單純又好應付。

「既然你願意叫我小鈴，就不要再用『主人』稱呼我了。要是再有下次，我可是會懲罰你的。」

「是。」巴雷特笑著回答。

兩人的相處彷彿又回到從前，俞思晴開心地大步邁向前，因為他的承諾而感到雀躍。

然而她沒有看到，背後的巴雷特露出了複雜的表情。

雲霧峽谷的地圖等級是二十等，以目前的玩家等級來說相當容易。不過逗留在這裡的玩家，卻是少之又少。畢竟所有人的目標都是封頂，二十等的地圖根本撈不到什麼好處，自然都會選擇前往等級較高的地圖。

唯一聚集玩家的機會，就只有地區王的出現。

在來到這裡之前，俞思晴查看了公會的紀錄，發現耀光精靈把聚會時間安排得很巧妙，像是刻意迴避其他公會的玩家。

「銀給的座標就是這裡。」巴雷特走在前面，看著連ＮＰＣ都沒有多少的小村莊。

「就算是最近的商店街，都有些距離。」俞思晴看了眼地圖，「而且在來到這個村莊的路上，還會經過主動怪的巢穴、蜿蜒的山路，怪不得會長選上這裡。」

「嗯，確實是相當適合聚會的地點。」巴雷特也同意俞思晴的說法。

就連身為武器ＡＩ的他，也沒來過這個地方。

在他們踏入村莊沒多久，有位老人過來和他們搭話。

「兩位是耀光大人的同伴嗎？」

俞思晴和巴雷特好奇地互看一眼。巴雷特開口回答：「是的，這位是她邀請過來的幻武使。老先生，您也是ＮＰＣ吧？」

「是的，我是這個村莊的村長，請多指教。」老人開心地頻頻點頭，急匆匆地說：「請隨我來，我帶您去見耀光大人。」

「謝、謝謝。」

俞思晴不知道為什麼覺得有些奇怪，但眼下也只能跟隨著老人。

老人帶著兩人來到像是露天舞臺的地方。在舞臺上，可以看見耀光精靈的身影，以及其他沒見過的玩家。

「耀光大人，這位應該是最後一位了吧？」老人開心地向耀光精靈報告。

耀光精靈聽見聲音轉過頭，開心地看著俞思晴，笑道：「對對對，不好意思

麻煩你了，村長。」

她邊說邊跳下舞臺，快步來到俞思晴面前，拉住她的雙手。

俞思晴還沒習慣她這麼親暱的動作，身體不禁有些僵硬。

「呃，好久不……哇！」

耀光精靈不等她把話說完，就拉著她往舞臺走。

「打招呼就不必了，趕快過來。」

完全被當成空氣的巴雷特，和老人一起被遺忘在原地。

「村長先生，這是怎麼回事？」巴雷特有種不祥的預感。

老人知道巴雷特是武器ＡＩ，也不避諱，直截了當地告訴他，「其實……是我們村莊出了點問題。」

「問題？」巴雷特蹙眉，「什麼樣的問題？」

「之前有兩派幻武使，為了取得我們這個村莊的所有權，在這裡打了起來。當時出面解救我們的，是耀光大人和她的同伴。」

對ＮＰＣ來說，爭奪地盤而爭吵的幻武使，就和山賊沒什麼兩樣。

村民雖然都對幻武使相當尊敬，但沒有力量反擊，就只能任人宰割。

「耀光大人把那兩派人馬趕走後，就以我們這裡為據點。因為耀光大人相當友善，村人也都很喜歡她，只要有耀光大人的保護，其他幻武使也不會盯上我們……」

「這裡究竟有什麼重要性，會讓幻武使有興趣？」

「……你在過來這裡的路上，有遇到峽谷入口附近的那些主動怪吧。」

「你是指那些蜥蜴？」

老人點點頭，「那些蜥蜴叫做血絨蜥，是居住在雲霧峽谷的怪物。牠們的鮮血能夠凝結成紅寶石，產量大、又沒有什麼成本，是相當珍貴的資源，同時也是煉製副手武器的珍貴原料。據說以它為材料煉製的副手武器，一擊就能將地區王消滅。」

他這麼一說，巴雷特便恍然大悟。

「原來如此，那些幻武使的目的，是血絨蜥。」

老人嘆口氣，「雖然血絨蜥總是成群出沒，但捕捉不易，又容易死，所以這裡才會被盯上。」

血絨蜥是主動怪，只要感應到玩家在附近，就會主動攻擊。

雖然沒什麼力量，很容易就能夠打敗，但就算如此，也不會掉落紅寶石，必須活捉血絨蜥才行。

可是捕捉血絨蜥的成功率不到百分之十，想得到擁有強大力量的紅寶石，根本是難上加難。

另一端，舞臺上的俞思晴，也同時聽完耀光精靈對這件事的解釋。

「……我不認為這個情報是真的。」俞思晴思忖。看來，要找大神下凡問清楚。

包含耀光精靈在內的其他玩家詫異地看向她。

「妳為什麼這麼認為？這個情報可是從酒館傳出來的。那裡是情報交流中心，準確率高達百分之九十，再加上此處確實常遭到其他幻武使攻擊——」

「不，我並不是說這種強大的紅寶石不存在，而是懷疑它的取得方式。」

俞思晴打斷這個初次見面的男性玩家，解釋道：「酒館的情報準確率確實很高，但加油添醋的機率也很高。」

那名男性玩家不是很高興，畢竟大家就是為了這件事而聚集，沒想到會被初次見面的俞思晴質疑。

「那麼妳又是怎麼想的？」

聽出對方的口氣不太好，但俞思晴也沒有討好他的打算。

「取點血絨蜥的血不就知道了？」

這話一出口，眾人吃驚不已。

「小泡泡，我剛剛說過了，目前為止沒人抓得到血絨蜥啊……」耀光精靈為了緩和現場的氣氛，只好出來打圓場。

「如果你們沒辦法，那我去。」說完，俞思晴跳下舞臺，「巴雷特！走了。」

聽到她的叫喚，巴雷特便從老人身旁離開，來到她面前。

「走？我們要去哪裡？」

「去取血絨蜥的血。」

巴雷特看俞思晴躍躍欲試，又見到舞臺上的其他幻武使露出不以為然的表情，不難想像剛才他們到底談了些什麼。

「你們先討論該怎麼處理那兩派不死心的幻武使，我很快就會回來。」

俞思晴對那名和她意見相左的男性玩家說完後，頭也不回地離開。

「什麼啊。」對方不悅地向耀光精靈提出抗議，「會長，妳怎麼突然把這個幽靈成員找來？她根本是來鬧場的吧。」

他的話得到許多成員的認同，耀光精靈也只能苦笑。

「你們別這麼生氣，她是排名十三的幻武使，也是我們公會的第三名玩家哦，對她多一點信心，如何？」

這話一說出口，其他成員便沉默不語。

確實，他們是因為俞思晴的排名很高，才答應耀光精靈把她找來。只是沒想到，來的竟是一個長相可愛、個性卻糟糕到不行的女孩子。

「既然會長都這麼說了，那我們就等著看她是不是只會說大話囉。」另外一名成員走上來，搭住這名男性玩家的肩安撫道。

「我相信會長大人的判斷！」手持法杖的矮小女孩，相當認真地握緊拳頭。其他成員你看我、我看你，最終也只能妥協。

「嘿嘿。」耀光精靈真心覺得自己的運氣不錯。她的公會成員，都是能夠理解、容忍他人的好孩子呢。

「那麼，在她回來之前，我們就先討論該如何處置那兩組聽不懂人話的傢伙吧。」

耀光精靈的表情瞬間轉為嚴肅，其他人也都跟著沉下臉。

舞臺上的氣氛頓時緊張得令人屏息。

「對於不聽話的壞孩子，可是要給點懲罰呢。」

說著這番話的耀光精靈，看起來就像是頭上長了角的惡魔，格外可怕。

幻武神話這款實境網遊並沒有設定捕捉怪物的技能，如果想要養隻「寵物」，就必須打到稀有道具。

但這對俞思晴來說，並不是什麼大問題。

在心湖打到的寶貴道具，她可擁有不少，包括之前抓住緹絲蒂娜的惡魔所使用的項圈。

雖然項圈能馴服怪的時間有限，但也足以讓她取得血絨蜥的血液。

不過，問題在於——

巴雷特剛伸出腳，不偏不倚地把一隻血絨蜥踩在腳下，沒幾秒鐘就害牠掛掉。

「啊啊！我不是說要活捉牠嗎？」俞思晴向巴雷特抱怨。

「抱歉，小鈴。但是這些蜥蜴太醜了，我忍不住……」巴雷特面有難色：「嘴巴又皺又癟，眼角下垂，黑色的眼睛根本看不見眼白，就連牙齒也歪斜不正，看得好不舒服。」

「不要因為自己很美型就這樣批評蜥蜴。」

畢竟實境網遊裡的怪看多了，不管什麼怪對俞思晴來說都沒差別。

此時，最讓俞思晴感到困擾的並不是巴雷特的喜好，而是血絨蜥的捕捉方法。

「到底要怎麼抓住牠們呢……」

血絨蜥成液態狀，沒有固定形體，無法以一般實體道具捕捉，且只要心臟被破壞便會死去，要取得活體血液根本是不可能的事情。

「果然，還是要找大神下凡。他手上有道具，能夠對付這種沒有固定形體的怪。」

俞思晴指的是大神下凡抓住水之精靈的手套。

「不用聯絡他。」巴雷特不喜歡大神下凡。那個男人總是厚臉皮地纏著俞思晴，趕也趕不走。

「我來就好。」巴雷特信誓旦旦地對俞思晴說，「也用不著項圈。」

俞思晴正打算開口問他打算怎麼做，就看到巴雷特從道具欄拿了個普通的玻璃瓶，接著便快速往血絨蜥群移動。

「巴、巴雷特？」俞思晴嚇了一跳。

ＡＩ武器隻身衝入敵營是哪招？沒有幻武使的話，巴雷特就算變身也沒辦法使用招數啊！

原想過去把人帶回來，她卻看到巴雷特以非常快的速度，直接抓住躲藏在洞穴內的血絨蜥的心臟。

血絨蜥頓時全身無力，眼看就要煙消雲散，但巴雷特卻將心臟直接放入玻璃瓶裡，然後蓋上。

說也奇怪，血絨蜥竟然融化成紅色液體，安安靜靜地躺在瓶子裡。

俞思晴看傻了眼，出乎意料之外的結果讓她反應不及。

「小鈴！」

聽見巴雷特喊她，俞思晴這才回過神，看到巴雷特正被一大群火冒三丈的血絨蜥追著，筆直跑向她。

「哇啊啊啊！這、這是怎麼回事？」

俞思晴嚇得不知所措。巴雷特奔過來，牽起她的手往前跑，邊跑邊把玻璃瓶塞進她的懷裡。

「先收進道具箱，然後再一口氣解決那些血絨蜥。」

俞思晴把玻璃瓶收好，連忙追問，「巴雷特，你到底做了什麼？」

「母的血絨蜥才有辦法活捉，外面那群負責攻擊我們的都是公血絨蜥。」

「你怎麼會知道？」

「觀察出來的。」巴雷特苦笑道，「只是沒想到會引發眾怒。」

「數量這麼多，就算用『流星雨』也不見得能全部解決掉啊。」俞思晴欲哭無淚，「你應該先跟我討論再行動啊！」

「因為，我覺得很有趣嘛。」巴雷特像個貪玩的孩子，笑得很開心。

見到他臉上久違的笑容，俞思晴就算想責罵，也說不出口。

被巴雷特拉著的手，格外炙熱。

偶爾這樣，好像也挺不錯的。

第二章　新傳説聯盟（下）

Sniper of Aogelasi

俞思晴和巴雷特跑了很久，好不容易找到能夠躲藏的石縫。

兩人身體緊貼著縮在縫隙中，小心翼翼地觀察外面，確定血絨蜥沒有追上來。

「真是……你也太突然了，下次好歹先通知我一聲。」

「抱歉，我只是想在血絨蜥發現之前搶先動手。牠們是很聰明的怪。」

「就算是這樣也別……唔！」

終於意識到兩人的身體正緊貼在一起，俞思晴頓時緊張到說不出話來，身體僵硬地愣在原地，無法動彈。

冷汗直冒，臉頰燥熱，兩隻手不知道該放在哪裡才好。

巴雷特的鼻息從頭頂上傳來，讓她的心臟狂跳不止。

她真是笨蛋，只顧著要把血絨蜥甩掉，一發現這個縫隙，便硬把巴雷特拉進來。

「小鈴？」

因為身體相觸，巴雷特可以感覺到她的心臟正在瘋狂跳動，誤以為她是在擔心被血絨蜥發現，便把她摟緊。

「不要擔心，再躲一陣子，血絨蜥就會回到自己的區域。」

俞思晴滿臉通紅，不想被他看見自己的窘態，便把臉藏在他的懷裡。

就算只有一下下也好，稍微向巴雷特撒嬌，應該沒關係吧？

「那、那個……」趁這個機會，俞思晴鼓起勇氣開口，「我真的沒有要把你換掉的意思，你能相信我嗎？」

巴雷特愣了下，神情複雜，嘴上卻回答：「嗯，我知道。小鈴不會這樣做。」

「我只是覺得龍形武器ＡＩ很特別而已。還有，我那時……真的不是故意甩開你的手，我真的不討厭你，我……」

停頓幾秒，努力壓抑害臊的心情，俞思晴用乾澀的嗓音說道：「我、我喜歡你，所以我只要你。你不要再跟其他幻武使說什麼要交換武器ＡＩ的事情，好嗎？」

巴雷特盯著俞思晴的髮旋，輕輕把臉靠近，親吻她的頭頂。

俞思晴感覺到他的熱度，緊抿雙唇。

「好，我答應妳。」

得到巴雷特的允諾，俞思晴開心地抬起頭。「你說的哦，不可以食言。」

她的笑容讓巴雷特一震，表情變得溫柔無比。「要是我食言的話？」

「那我就不當幻武使了。」

巴雷特有些意外。這份承諾對他來說，相當動人，也讓他更加明白，俞思晴非他不可的決心。

俞思晴只認定他一個人，只有他……

「妳許下這樣的誓言，會不會太過衝動？」

「不會。」俞思晴秒答，「因為我要你不准再從我身邊逃走。」

巴雷特被她認真的模樣惹笑。

「什、什麼啊！我很認真耶！」

「嗯，我看得出來。」巴雷特把臉湊近她，「那麼，我們重新立下誓言吧，這是幻武使和武器ＡＩ之間締結契約的方法。」

俞思晴頓時一愣，「締結契約？你、你的意思該不會是——」

「就像妳喚醒我那時一樣。」

俞思晴連忙拒絕，「不不不、不行！我——」

巴雷特可不打算讓她逃避。他捧住俞思晴的後腦勺，低頭便吻住她。

看著近在眼前的俊美臉龐，以及唇瓣上傳來的觸感，俞思晴一時太過刺激，兩眼翻白昏倒在巴雷特的懷裡。

「小鈴？」巴雷特沒想到她的反應竟會如此，連忙抱住她癱軟的身體。

看著俞思晴昏睡的臉龐，巴雷特忍不住笑出來。

「妳總是出乎我的意料之外。」

確定周圍的地圖沒有血絨蜥，巴雷特把俞思晴抱出來，往村莊的方向走。

當兩人以公主抱的姿態回到公會其他成員身邊時，理所當然引來不少注目，但巴雷特本人不以為意。

幻武使昏倒，讓武器ＡＩ護送回來，這種事他們還真沒見過。

「小泡泡沒事吧？」耀光精靈緊張地跑來，還以為兩人遇到什麼危險。

「沒事，剛剛在躲避血絨蜥，小鈴累得睡著了。」

「這樣啊，那就好。」耀光精靈拍拍胸口，接著朝其他成員使了個眼色。

巴雷特看出她有事隱瞞，卻沒點破，只顧著輕輕地將俞思晴放在路邊的長椅上。

成員們接到耀光精靈的暗示，彼此交換眼神後，離開村莊。

巴雷特目送其他人離去，隱約感受到氣氛有些緊張。但他身為武器ＡＩ，沒資格過問。

「不用擔心，沒什麼。」耀光精靈知道聰明的巴雷特必定察覺了什麼，但並不打算解釋。

巴雷特鎖緊眉頭，心中對耀光精靈提高戒備。

「唔嗯……」俞思晴正巧在這時醒過來，抬頭張望四周，「這裡是……」

「是之前那個村莊。」巴雷特彎下腰，對上她的雙眼，「妳沒事吧？」

一見到巴雷特的臉，昏倒前的景象重新回到腦海，俞思晴頓時滿臉通紅，嚇得差點從椅子上摔下去。

巴雷特覺得她慌張的模樣很有趣，忍不住笑出來。

「不要緊張，小鈴。」

「咦？啊、喔……」俞思晴連話都說不太清楚。

身為旁觀者的耀光精靈，見這兩人互動與之前不同，氣氛也變得有些詭譎，她心裡明白這兩人之間肯定發生了什麼。

「小泡泡，妳真的成功地把血絨蜥的血液帶回來了嗎？」

耀光精靈沒有寒暄，而是神情凝重地直接切入主題。

俞思晴這才發現她在場，很快地把小女生的害臊心情拋置腦後，正色問道：

「……發生什麼事了嗎，會長？」

耀光精靈早知道俞思晴是個認真的玩家，否則也不可能靠自身的力量，在首週爬上第十三名的成績。

她真心認為，自己的籤運好到不行。或許，這次真的被她挖到了一個寶。

「還記得我跟妳提過，想要獨占這裡的兩組玩家團嗎？」

俞思晴點點頭。

「他們現在要聯手對付我們。」

俞思晴總算恍然大悟，「原來，這才是妳把排行榜上的成員全部聚集起來的真正理由。」

「這裡可是我們新傳說聯盟的地盤，怎麼能放任其他玩家撒野？」耀光精靈雙手扠腰，自信滿滿地說著，「呵，就當作是攻城戰的前哨戰吧。」

首週排行榜公布後，就能清楚明白公會之間的實力高低，新傳說聯盟被盯上也不是沒有道理。

「也就是說，我們公會現在是其他玩家的眼中釘是嗎……」俞思晴理解後，嘆口氣。

她就是討厭這種麻煩事，才總是不參與公會活動，看來這回是躲不了了。

俞思晴從系統裡叫出裝有血絨蜥血液的瓶子，耀光精靈的臉上瞬間出現不敢置信的表情。

「妳、妳真的——」耀光精靈指著瓶子，捧臉大叫：「哇啊！妳真的太厲害了，小泡泡！」

雖說抓到血絨蜥的人不是她，但俞思晴不打算說出事實。

「妳拿去研究吧。」說完便將瓶子交給耀光精靈。

「把這麼珍貴的道具送給我沒關係嗎？」耀光精靈眨眨眼。

「我相信妳不是個貪心的玩家。」

「小泡泡……」耀光精靈感動不已，撲過去抱住她，「我本來還以為妳是因為討厭我，才遲遲不肯來公會玩，嗚嗚嗚！」

突然被人抱住，俞思晴有些不太習慣，雙手都不知道該放在哪裡才好，動作看起來相當僵硬。

幸好巴雷特替她把耀光精靈拎起來，才讓她沒那麼尷尬。

「咳咳。」俞思晴輕咳兩聲，「我只是不習慣團體行動而已，並不是討厭妳。」

「咦？是嗎？」耀光精靈將手指放在嘴唇上，歪頭問：「可是，妳不是和大神下凡組過隊嗎？」

俞思晴一聽，疑惑地轉頭，卻發現耀光精靈臉上笑容不再。

「……妳怎麼會知道？」她皺起眉頭，警戒地問道。

那次對付肯特女神，事後沒有玩家提起，她還以為所有人都當這只是封測遊戲中的一環，不太在意。

當時她的等級不高，又有大神下凡和無緣人在身邊，所有人的注意力應該都放在這兩人身上，沒想到耀光精靈居然會知道。

「那是因為，我當時也在場啊。」看著俞思晴防備的表情，耀光精靈突然嘻嘻一笑，對她的反應感到滿足，「我也是那座城池裡的玩家之一哦。真是嚇了我一大跳，沒想到小泡泡妳會被當成通緝目標呢。」

俞思晴這下無話可說，背上的汗越冒越多。

「妳別擔心，我沒有責怪妳的意思，只是有點擔心。」耀光精靈一蹬，便輕鬆地從巴雷特的手裡跳開，雙腿踏地，轉了個圈，「畢竟妳是我們公會的主要戰力之一，要是妳和大神下凡有關係，就算妳是首週榜首，我也不會讓妳參加之後的攻城戰。」

俞思晴愣了下，「這是什麼意思？會長，妳和大神下凡……」

「那傢伙很令人頭疼，妳和他組過隊的話，應該明白我的意思。」

「呃，是挺麻煩的。」俞思晴並沒有把話說滿，畢竟她並不像耀光精靈這樣討厭大神下凡。

就算初次見面時她對大神下凡的印象很糟，但在組隊進行肯特女神的任務後，她對大神下凡已經沒有那麼深的偏見。

撇開他的性格不談，大神下凡是個很可靠的隊友。

「會長，妳認識大神下凡嗎？」

耀光精靈雙手扠腰，嘆口氣，「我和他在另一個遊戲是同公會的成員。雖然我們之間並沒有什麼交集，也沒有嫌隙，但他在之前的公會，引起了不必要的紛爭，讓我對他的印象糟糕到極點。」

她彎腰靠近俞思晴，用手指輕輕戳她的臉頰，「我可不想讓可愛的小泡泡，被他那種麻煩人物纏上啊。敵視他的人，可是比山還要高。」

「這點我倒是知道。」俞思晴一笑。想到他有膽量和狂戰士對上，就不難理解。不過，選擇朋友是她自己的事，她沒必要順應別人的喜好。

「會長，妳不用擔心，就算我和大神下凡是朋友，也不會影響之後的攻城戰。」

雖然俞思晴拍胸脯保證，但似乎並沒有完全得到對方的信任。

耀光精靈將手中的瓶子收進系統裡，「既然妳都這麼說了，我也不好再繼續堅持下去。」柔和的笑容瞬間轉為嚴肅的厲光，「不過，要是妳對我說謊，我可不會當作什麼事情都沒發生過。」

俞思晴眨眨眼，不由冒冷汗。

耀光精靈似乎不像外表那般天真。看樣子，她以後得多多注意……

「那麼，我們就先去『處理』那些不把我們新傳說聯盟放在眼裡的玩家吧。」

耀光精靈回復以往的態度，開開心心地拉著俞思晴的手往村外跑。

「哇、哇啊！等……等等……」俞思晴跟不上她的思考速度，只能踉踉蹌蹌地被拖著跑。

耀光精靈不理會她的掙扎，朝樹下某個陰暗的身影大喊：「阿普斯，快過來，我們要出發了。」

那人皮膚蒼白，眼袋極深，看起來病懨懨的，好像隨時都會倒下。

他一見到耀光精靈便不快地皺眉，「嘖，我說過我討厭人多的地方。還有，白天我可不做事。」

「吵死啦你！」耀光精靈放開俞思晴，笑嘻嘻地走過去，揪住對方的耳朵，痛得他哇哇大叫。

「耳、耳朵要掉下來了！」

「誰叫你違抗主人的命令。」耀光精靈的笑容充滿威脅意味，「給我過來，武器AI不在幻武使身邊，要我怎麼對付其他人？平常就算了，這回可不准你拒絕！」

俞思晴眼睜睜看著耀光精靈把這個陰陽怪氣的男人拖走。

初次見面時，耀光精靈曾提過自己的武器AI是個討厭人群的怪武器，看來當時她說得有些委婉。這個叫做阿普斯的武器AI，可不像是單純討厭人群的樣子。

巴雷特走到她身邊，面容凝重地盯著那個男人。

俞思晴見他面色不豫，還以為他對法族有偏見，拍拍他的肩，「不用擔心，我不打算待太久。反正我們已經把血絨蜥的血液交給會長，只要再替她保住這個村莊就可以了。」

「我以為妳不喜歡團體行動。」

「嗯……與其說不喜歡，應該說不習慣。」俞思晴雙手環抱胸口，「但我想參加攻城戰，所以得和會長他們套好交情。」

「之後就離開？」

「嗯，沒錯。」

得到俞思晴的允諾後，巴雷特的表情才稍微放鬆下來。

「那麼我們趕緊過去吧。」

從沒見過巴雷特如此急促，俞思晴愣了半秒，趕緊追上他。

「新傳說聯盟的混蛋！快給老子滾出來！」

「對！以為你們公會上了排行榜就有多了不起嗎！」

才剛來到村子入口處，俞思晴等人就聽見吵吵鬧鬧的叫囂聲，NPC村人們都嚇得躲回自己的房子裡。

村子入口有塊空地，有系統保護，身為主動怪的血絨蜥不會接近，也因此成為打架的最佳地點。

唯一的缺點就是，這裡沒有遮蔽物，無法躲藏。

「不是叫你們別再回來嗎？到底是哪個字聽不懂。」

手持法杖的耀光精靈，不爽地站在自己公會成員們的面前，指著這些叫囂的玩家說：「這裡是我們新傳說聯盟的領地，沒你們的分。」

「攻城戰還沒開始，妳沒有資格占據公開地圖的空間！」其中一名女性玩家上前。她同樣手持法杖，不過與耀光精靈的相比，稍微短了些。

耀光精靈將法杖用力往地上一杵，冷笑道：「說的沒錯，公開地圖無法向遊戲申請所有權，所以我們只是單純地靠實力占有這裡。況且，遊戲公司並未規定不能占據公開地圖。」

她一攤手，擺出不屑的態度，「再說，你們不也是一樣，想把這裡占為己有，只是技不如人？既然如此，你們有什麼資格指責我們的做法？」

這席話讓對方玩家說不出話來，每個人的表情都變得相當難看。

「看來用說的是行不通了。」那名女玩家垂眼，握緊手中的法杖。

見她似乎有意開打，公會成員全都繃緊神經，蓄勢待發。俞思晴反而覺得自己像路過的觀眾，一點緊張感也沒有。

「妳以為，只要兩派人馬合作，就能動得了我們？」

「不試試怎麼知道。」女玩家勾起嘴角。

下一秒，她的身後有一道黑色的身影迅速躍出，手持銳利雙刃，直攻耀光精靈！

俞思晴立即反應過來，伸手抓住已經變回武器模樣的巴雷特，迅速瞄準，扣下扳機。

子彈射出的瞬間，對方察覺到她的動作，在耀光精靈的面前急停，狙擊子彈穿過兩人眼前。

這時，耀光精靈才注意到眼前的女子，「什——」

對方勾起嘴角，舉起短刀向上一揮。

「鏘」一聲，她的刀刃撞到堅硬的物體，攻擊被反彈回來。

女子驚訝地看著不知道何時來到耀光精靈面前、用狙擊槍身擋開攻擊的俞思晴。

俞思晴飛快轉動槍身，將槍口對準她的左眼。

女子一驚，在俞思晴扣下扳機的同時向後空翻。子彈險險劃破她的皮膚，在她的左眼角留下一道血痕。

鮮血沿著臉頰淌下，她不甚在意地伸出舌頭輕舔。

這兩人瞬間的攻防戰讓雙方人馬都看傻眼，尤其是耀光精靈。

「小、小泡泡？」

俞思晴沒回頭，舉著狙擊槍，瞪著那名穿著極少布料的女幻武使。

「刺客嗎……」她低喃著。

刃族的速度是武器ＡＩ中最慢的，唯獨「刺客」例外。

「刺客」的武器稀有度僅次於法族的「補師」，在攻擊型的玩家當中，是相當珍貴的職業。

但是，就算刺客的速度再快，也比不上槍族。

「真是意外，我記得妳的情報說這個公會沒有『槍族』。」女刺客的口氣中略帶責備，讓那名女法師嚇了一跳，臉色慘白。

「不……上次和他們打的時候，確實沒有。」

「也就是說，你們情報不足。」女刺客說完，迅速來到女法師身後，舉刀朝她的喉嚨割下去。

女法師連聲音都來不及發出，就化作青色光點，消失不見。

其他人見到女刺客的作為，全都嚇了一跳。

「木蓮！妳在做什麼？」一名男性幻武使責備道。

「這是你們害我出糗的小懲罰。」她舔著短刀，回頭朝他一笑，「你再多嘴，我就讓你有同樣的下場。」

男性幻武使聽到她這麼說，立即閉口不語。

「木蓮……」耀光精靈喃喃念著這個名字，「是排行榜第九名的玩家嗎？奇怪，妳並不屬於這兩個公會，為什麼要來插手？」

木蓮笑道：「難道不是同公會就不行？」

「不是。」耀光精靈警戒地回道。

即使她的名次比對方高，經過方才一戰，也絲毫不敢大意。

首週排行榜只是個參考依據。剛才她沒注意到木蓮的突擊，反而讓俞思晴解危，就能明白她們之間的「差距」。

「我想不出妳這麼做的理由。」

「沒有理由。」木蓮轉手反握短刀，「我只是覺得好玩，又能用這個藉口和排名第五的妳打一架。」

手中的刀刃映照出藏於眼中的貪婪，她完全把目標對準耀光精靈。

俞思晴知道這人手段狠辣又不講理，身為法師的耀光精靈根本沒辦法對付她，便挺身站在兩人之間，擋住她的目光。

「我來當妳的對手。憑妳這種角色，用不著讓我們會長親自對付。」

俞思晴故意出言不遜，想讓木蓮放棄針對耀光精靈。

她順利地得到木蓮的注意，卻看見對方揚起嘴角，甩著手裡的短刀。

「確實，比起你們會長，我對妳更加在意。」

俞思晴感覺到她散發出的敵意，不由握緊狙擊槍。

「沒想到，我居然對排行在我之下的玩家無法還手。這個恥辱，我還得找妳算清楚。」

木蓮似乎對排行榜相當執著，不把自己之下的玩家放在眼裡。

高傲狂妄的態度，讓俞思晴把她列入黑名單當中。

「這樣吧，妳要是能打贏我，我就保證這些人不會再來跟你們爭地盤，如何？」木蓮突發奇想地向俞思晴提出條件。

「什麼？」身後的同伙不滿地揚聲質疑。

木蓮突然一個轉身，將刀刃抵住對方的下顎。

「我木蓮做的決定，沒有人能干涉。」

「唔……」

原本想抱怨的眾玩家不再出聲。他們自知不是木蓮的對手，就算不願意，也只能默默接受。

怪就怪他們的會長，找了個如此危險的傢伙來當打手。

「如何？」見己方的人不敢再多嘴，木蓮便回頭對俞思晴說：「我想妳應該不會拒絕吧？小泡泡。」

木蓮故作親暱地喊她的名字，讓俞思晴不太高興。

她知道木蓮是刻意挑釁她，就算沒有提出這個條件，她也早就做好和她戰鬥的準備。

回頭和耀光精靈交換眼神，等她點頭答應，俞思晴這才走上前。

「就這麼決定了，妳可別食言。」

「我木蓮大人從不食言。」

木蓮叫出系統的ＰＫ指令。在俞思晴按下確認後，木蓮倏地向前壓低身體，一瞬間來到俞思晴的眼前，打算來個奇襲。

俞思晴清楚地看到對方的動作，也料到她喜歡突襲，冷靜地舉起手裡的狙擊槍擋住尖銳的刀口。

眾人向後退開，不想被捲入兩人的戰鬥。

擅長近戰的刃族和槍族對上，對擅於遠距離戰鬥的槍族來說，相當不利，俞思晴明白這點，所以在擋下木蓮的攻擊後，她立刻將槍口瞄準木蓮。

木蓮不讓她有機會扣下扳機，以飛快的動作不停移動，讓她無法對準。

俞思晴鎖緊眉頭，舉起槍口，朝天空射擊。

「流星雨！」

子彈穿過雲層進入藍空，隨即便有如下墜的燃燒隕石般灑落大地。

木蓮無視她釋放出的範圍技，反而對她展開攻擊。

俞思晴來不及以槍身防禦，只能向後閃躲。但木蓮的攻擊速度越來越快，居然連身為槍族的她，都覺得有些吃力。

俞思晴瞥見木蓮雙手戴著手環，這才恍然大悟。

增加速度的道具嗎……

她向後翻身，與木蓮拉開距離，蹲在地上。

流星雨正好墜落在兩人之間，木蓮居然連閃也不閃，而是用手裡的雙刀將流星雨劈開。

俞思晴舉起槍瞄準她，扣下扳機。

子彈貫穿流星雨，逼近木蓮。

木蓮跳起身來閃避，並將左手短刀扔向俞思晴。

俞思晴向旁邊躍開，卻沒料到插入地面的短刀居然瞬間化為人形，一把掐住她的脖子，將她高舉起來。

「唔嗯！」俞思晴鬆開雙手，表情痛苦地扭曲著。

掉落在地上的狙擊槍立刻變回人形，慌張地轉過身，「小鈴！」

還來不及出手，木蓮就從身後將巴雷特踹倒在地，狠狠踩住他的頭，讓他無法起身反抗。

「看來妳還沒有完全習慣呢。」木蓮笑容滿面地看著俞思晴痛苦的表情，「這可是幻武神話中最基本的戰鬥方式。」

利用兩把外型一樣的武器，讓對手判斷不出究竟哪個是武器ＡＩ、哪個是副手武器，並給予對手奇襲——她怎麼可能沒想過這種戰鬥方式？

不過，這方法無法適用在巴雷特身上。

就算可以，她能使用的機會也只有一次。

「戰鬥，結束了！」木蓮舉起短刀，興奮地朝她胸口刺下去。

此時，俞思晴手中突然閃現一陣刺眼的光芒，讓武器ＡＩ和木蓮都睜不開眼。

俞思晴利用這個機會，雙腳朝武器ＡＩ的胸口一蹬，順利掙脫，並抓住倒地的巴雷特，讓他變回武器型態。

她直接朝兩人腳下開槍，黏膩的子彈纏住他們的腳，讓他們無法動彈。

「什麼？這是什麼鬼東西！」

「讓妳不再亂跑。」俞思晴黑著臉站在木蓮面前，槍口緊貼在她的額頭上。

木蓮視線恢復，驚訝地看著停在她肩上的那隻蟲，憤恨地咬牙。

「……螢光蟲？妳居然在ＰＫ戰使用輔助道具？」

「妳有妳的戰鬥方式，我也有我的。」俞思晴說完後，毫不猶豫地扣下扳機。

「砰」的一聲槍響，在所有人睜大雙眼、不敢置信的目光下，木蓮身體向後倒下，化作青色光芒消失不見。

系統公告：泡泡鈴在PK賽中打敗了木蓮。

俞思晴鬆開手，讓巴雷特變回人形，接著就被一個從背後飛撲而來的人緊緊抱住。

「小泡泡！妳好厲害！」

「啊……會、會長，我快沒氣了……」

被耀光精靈勒住脖子的俞思晴臉色發青，好在耀光精靈發現後趕緊鬆手，不然她可能就要在重生點和木蓮重逢。

「抱歉抱歉，我太興奮了。」耀光精靈哈哈笑著，隨即轉頭和敵對公會說：「這次的PK是我們公會獲勝，你們可別忘記剛才的諾言。」

來鬧事的人你看我、我看你，雖然不服，卻不得不承認，他們根本打不過耀光精靈的人。

這回他們是仗著木蓮的幫忙才敢來找碴，現在他們找來的人被打敗，就連會長也被送回重生點，自然沒有反抗的意思。

「這次就算了。」另一個公會會長對耀光精靈說：「但妳可別以為我們會這樣放棄。之後的攻城戰，我們會再跟妳討回來的！」

「啊，這樣嗎？」耀光精靈陰惻惻地一笑，「有種就來試試看，我們新傳說聯盟可不是好欺負的。」

在各個公會成員的銳利目光之下，這群玩家才心不甘情不願地離開。

耀光精靈轉頭，緊盯著俞思晴，眼神閃閃發光。俞思晴總覺得好像是自己做錯什麼事情，不由頭皮發麻。

「會長，妳別這樣盯著我看。」

「可是可是，妳好厲害啊——」

「我知道，妳從剛剛開始就在說這句話。」

「妳真的好厲害！」

接連被這樣誇獎，俞思晴覺得有些不好意思，回過神才發現，其他公會成員早將她團團包圍起來，每個人的表情都和耀光精靈差不多。

「呃……」俞思晴頓時有種變成保育類動物的感覺。

「哇！妳真不是蓋的。」

「小泡泡，做得好！我還以為妳是個不合群的難搞傢伙呢。」

「妳老是缺席這件事就算了，不過下次聚會妳一定要來，我想跟妳交換遊戲心得！」

所有人你一言、我一語，坦白說俞思晴根本聽不清楚他們在說什麼。她心一橫，索性高舉懷中的螢光蟲，一陣耀眼光芒射出。

「哇！」

在眾人的哀號聲中，俞思晴從包圍網跳出來，翻身落地，拉著巴雷特溜走。

「不好意思，我還有事，先走一步！」

她實在不習慣被當成奇珍異獸的感覺。再說，她也不過是打贏ＰＫ，並沒有他們說的那麼厲害。

但她的心裡仍因成員們的讚美而竊喜著。

……以後有空還是去參加聚會好了。

第三章　闇黑迷宮（上）

Sniper of Aogelasi

俞思晴屬於邊緣玩家，也就是不太與其他玩家交流、專注玩遊戲的類型。不過在這個遊戲中，她卻成為到哪裡都會被人注目的對象。

被關注的原因並不是因為她打贏木蓮，而是身旁的巴雷特。

「巴雷特先生，今天又和您的幻武使來採買嗎？」

女性店員NPC紅著臉、害臊地和巴雷特搭話。

巴雷特用禮貌的口吻回答：「是的，小鈴勤於升等，所以道具使用量比較大。」

「今天店裡正好有活動，可以算五折給你喔！」

「真的嗎？那太好了。」想到能讓俞思晴減少花費，巴雷特就露出了開心的笑容。

耀眼的帥哥笑臉直接襲擊女性店員，瞬間讓她頭暈目眩，噴鼻血倒地。

巴雷特沒注意，只是盤算著用量，從架子上多拿了幾罐補品，心情看起來相當愉快。

「買這麼多應該夠用。」

巴雷特提著籃子走回櫃檯，發現俞思晴正雙手環胸、臭著一張臉站在那。

「小鈴。」巴雷特開心地喊她的名字，「妳在飾品店那邊採買完畢了？」

「嗯。」俞思晴看著從地上爬起來、連鼻血都還沒擦乾淨的女性店員，忍不住嘆口氣。

帥哥真可怕，不管走到哪裡都會引來「血光之災」。

她不過是讓巴雷特一個人來買東西，就有蟲子盯上他。看樣子，以後她還是要減少巴雷特落單的機會。

「這間店現在有五折優惠，所以我多拿了幾瓶藥水。」巴雷特沒注意到俞思晴的表情不對勁，只想著和她邀功，「小鈴，妳看我拿這麼多夠不夠？」

「喔——半價啊？」俞思晴露出奸笑。一旁的女性店員嚇得打冷顫。「那就把剩下幾瓶全都包了吧，反正我有的是錢。」

巴雷特拿的是單價很高的高級藥水，既然店員為了帥哥擅自打折，那她就滿心感謝地收下囉。

把這間店的藥水全部掃光之後，俞思晴愉悅地踏出店門口。

離開前，那名女性店員NPC一臉悽慘地目送他們，讓她覺得心情好多了。

「小鈴，為什麼要買這麼多藥水？難道是有其他棘手的任務要解？」

平時他們在地圖練等，並不需要準備那麼多補品，俞思晴也不是會亂花錢的人，他反射性地認為俞思晴有其他任務想做。

「來和你會合之前，安找我陪她去打副本，所以我跟她約好了。」

俞思晴沒打算讓巴雷特知道，自己只是單純吃醋，這些補品買了也只是堆倉庫，頂多之後以原價轉手給其他玩家。

不過，她說的並非完全是謊話，安找她是事實。

「副本？」巴雷特看起來有些期待，「這是妳第一次打團體副本吧。」

喜歡獨處的俞思晴都是參加個人副本，他還以為俞思晴不打算參加團體副本。

「我雖然習慣一個人玩，但也是會參加多人副本。」她哪有那麼孤僻！俞思晴嘟起嘴，「多人副本有多人副本的趣味，我怎麼可能錯過。」

話雖如此，她通常都是找野團，打完就各自離隊，很少會有交集。她最好的遊戲伙伴安，也是在野團組隊時認識的。

巴雷特笑道：「那就好，妳沒什麼朋友，我原本還很擔心呢。」

「用不著擔心我的人際關係。」俞思晴沒好氣地碎碎念。

此時，系統跳出組隊請求。俞思晴看了一眼，是安。

她不假思索地按下確認，隨即便聽到安的大嗓門。

『小鈴！妳在哪裡？人都到齊了，只差妳！』安氣呼呼地在隊伍頻道中大喊，似乎根本不在意隊伍裡的其他人。

『安娜貝兒，妳小聲點，我的耳膜都快被妳震破了。』一名男性幻武使發牢騷的聲音傳來，『妳直接用隊伍傳送就好，別忘了妳可是隊長。』

『說的也是。』安恍然大悟，發出了傳送請求。

俞思晴確認後，眼前的風景瞬間轉變。

一睜眼，看到的是安和另外三名陌生玩家，摀著耳朵抱怨的男性幻武使也在其中。

「你們動作好慢！」安還在抱怨。

「是妳太著急了。」男性幻武使輕推她的額頭，把她當成小孩對待。

「好了好了，小安，妳先介紹妳的朋友吧。」女騎士走過來把兩人分開。意外的是，這兩人竟然乖乖聽話。

俞思晴眨眨眼，有些不太好意思，「沒事，安就是這樣。」

「看來妳跟小安是老朋友了。」女騎士伸出手和她打招呼，「我是花漾，職業是騎士。」

介紹完自己，她報上同伴的名字，「我旁邊這位是三分糖，職業是槍手；和小安吵架的男生則是歡迎光臨，職業是法師。我們都是單翼飛鳥的成員。」

俞思晴點點頭，「你們好，我叫泡泡鈴，職業是獵人。我是安的朋友。」

「我們常聽小安提起妳。」三分糖伸出手和她交握，「這次很抱歉，突然向妳提出組隊要求。」

「沒關係，我正好也還沒解這個副本。」

「妳根本忘了有多人副本吧？」安不客氣地吐槽她。

「哈、哈哈，因為是封測嘛，所以我比較專注在角色和武器ＡＩ的成長。」

「我懂我懂，武器ＡＩ的設定很有趣。」三分糖認同地道，「能練等又能玩養成，完全是個挑戰玩家個人實力的遊戲。」

「是啊，如果只是抱著輕鬆的態度來玩的話，就單純只是養成了。」花漾也附和道。

眼看所有人都那麼疼俞思晴，安不禁有些吃味，「喂喂，你們別故意討好小鈴，她可是我朋友，而且還是我特地找來的救火隊。」

「這麼說起來，安，妳怎麼會找我？」

俞思晴突然想到，對方都是同公會的成員，為什麼不是找公會裡的人，而是找她？

安搔搔頭髮，顯得很無奈。其他人也都面有難色。

「其實，我們原本有約第五個人，可是他臨時放我們鴿子。」

「所以才說我是救火隊？」

「嘿嘿，我臨時想不到其他人嘛。」

「妳這樣說，好像我隨時都有空，很好找似的。」

「確實是這樣啊。」安眨眨眼，「妳看，妳不是一找就來了嗎？」

俞思晴的額角暴出青筋，「那是因為叫我來的人是妳。換作其他人，我才不管。」

「我就知道妳對我最好了。」安開心地摟住俞思晴的腰，像一隻黏人的貓咪般對她撒嬌。

「妳們到底進不進副本？」

歡迎光臨走過來，把安從俞思晴的身上拉開，心情糟糕到極點。

俞思晴甚至覺得自己被瞪了一眼。

「咕，阿歡你好煩。」安滿心不悅地往副本入口走過去，「好咧！小安團出擊——」

她喊完不知所云的隊名後，率先衝進副本。

花漾和三分糖也隨後跟上，最後只留下俞思晴和歡迎光臨。

俞思晴剛讓巴雷特變回狙擊槍，抱在懷裡，就聽見歡迎光臨對她說：「妳最好別扯我們的後腿，要是妳跟不上，我也不會停下來等妳。」

歡迎光臨對她的態度很嚴苛，雖然不知道為什麼，但俞思晴不喜歡被人看扁。

「放心吧。」她不爽地回瞪，「扯後腿的人絕對不會是我。」

說完，她便丟下歡迎光臨，進入副本。

安找她參加的，是等級四十的副本地圖——闇黑迷宮。

正如其名，這是個被黑暗籠罩的地下迷宮，類似於地下城，道路錯綜複雜、陰暗難辨，讓這個副本的難度提高不少。

但安他們的目的，不在於找到迷宮的出口，而是隱藏在迷宮裡的珍貴寶物。

五人的肩上各停著一隻螢光蟲。在這裡行動，要是沒有螢光蟲輔助，根本伸手不見五指。

「我們刷過這個迷宮很多次，已經摸熟路線，所以小鈴妳乖乖跟著我們走，不要亂跑。」

安對初次來到迷宮的俞思晴耳提面命，就是怕她找不到出口。

「我知道啦。」俞思晴嘆口氣。安真的把她當成孩子對待。

不過聽見安這麼說之後，俞思晴才理解，為什麼進入副本前歡迎光臨會要她「別扯後腿」。

對熟知迷宮的四人來說，初次挑戰的她的確像個累贅。

「這座迷宮有條隱藏房間，這次一定要把它找出來！」安興致高昂地握緊拳頭，眼神閃閃發光，「傳說中的寶物啊——」

「也就是說，我們只是進來尋寶的？」俞思晴問道。

見安如此興奮，恐怕早就忘記她是來解任務的。看樣子她之後還是得找野團，重新再來一次。

「要出怪了，準備好！」花漾拿出武器，提醒其他人。

成員全都很有默契地追隨在花漾身後衝上前，俞思晴也不落人後。

不過，她還是和其他人保持著一定距離，畢竟這裡的怪她都是初次遇到，不清楚的地方還很多。再說，身為打手的她只需要在後方支援就好。

一行五人邊走邊清除路上的怪，一路來到小 BOSS 的房間。

打贏小 BOSS 是俞思晴的任務之一，但他們四個人卻只是在周圍摸索，沒有要打的意思。

「喂，你們那裡有沒有找到什麼機關？」

「沒有啊，你那邊呢？」

「嘖，看樣子不是這裡。我去旁邊的房間看看。」

「不知道這裡的土瓶能不能拿去外面賣錢？」

三分糖和歡迎光臨非常認真地找尋線索，看得出他們想把隱藏的房間找出來的決心。一旁的花漾和安也找得非常仔細，只是沒加入交談。

俞思晴就這樣站在小 BOSS 面前和牠對望許久，最後只好放棄。

「小鈴，妳不打嗎？」巴雷特見眼前有敵人卻不攻擊，總覺得很不是滋味。

「即便是小 BOSS，在多人副本裡也不是能單刷的怪。」俞思晴無奈地看著安忙碌的身影，「反正我早有預料，安找我來，絕對不是想陪我解任務這麼簡單。」

安的個性活潑開朗，又很討人喜歡，與自己完全相反，真要說有什麼缺點的話——就是她不太會為人著想吧。

她做事衝動，想到什麼就做什麼。雖然已經習慣安的個性，但俞思晴偶爾還是有點想抱怨。

「反正闇黑迷宮沒有地圖，我們只好當作來探路，之後再另外找解任務的野團。」她嘆了口氣。

「小鈴，往這裡走！」安他們似乎已經放棄這個房間，招手對她說：「我們去其他地方看看！」

俞思晴小跑步跟上，問道：「你們說的隱藏房間，有沒有什麼線索？」

「聽說是要把整個迷宮走到爛，才會發現。」三分糖聳肩。

歡迎光臨一臉厭惡：「我還聽說要從某個小怪身上打到道具。」

「而且只要有玩家找到隱藏房間，它就會更動位置，每次都會出現在不同的地方。」花漾補充道，表情苦惱，「有時我會想，這任務是不是在故意要我們這些玩家。」

「除非是很珍貴的道具，不然玩家不可能願意花時間和力氣來找。」俞思晴對這個隱藏道具感到很好奇，「你們應該知道是什麼東西吧？」

「是能提升武器ＡＩ能力的道具。」三分糖坦白不諱。

「提升武器ＡＩ的能力？但玩家登入後不是就不能更改武器ＡＩ能力值了？」

「就是因為這樣，大家才找得這麼起勁。」

「……原來如此，看來是很值得花時間找的道具。」

「妳也有興趣就太好了。」花漾略帶歉意地對她說：「我知道妳想解任務，可是我們幾個卻硬拉著妳做任務之外的事情。如果妳沒有興趣的話，反倒是我們覺得不好意思啊。」

「是啊，不然等我們找到之後，再陪妳解副本。」三分糖笑嘻嘻地道。

「你別趁機把妹，三分糖。」花漾雙手環胸，朝三分糖翻白眼，「要是把人嚇跑怎麼辦？」

「才沒這種事，我又不是什麼痴肥大叔，現實的我可是個帥哥喔！」

「是是是。」花漾隨口敷衍。

就在他們聊天的時候，前方的安已經走到出口，開心地朝他們喊：「喂喂！你們快來！這房間似乎有戲喔！」

聽到她這麼說，另外三人雙眼一亮，立即衝過去。

俞思晴慢悠悠地走在最後面，剛進入房間便踩到個柔軟的東西，嚇得她趕緊把腿收回。

四周光線昏暗，她看不清楚自己踩到什麼，只聽到有東西滑過地面，傳出「沙沙」聲響，然後就鑽入牆壁的老鼠洞裡。

她眨眨眼，盯著那個小洞看，耳邊傳來安開心的聲音。

「你們看！這是不是線索？」安舉起停在手上的螢光蟲，照亮牆面。

她這麼興奮，是因為這面牆壁砌得相當詭異，磚縫形成不規則的線條和圖形。

「確實很奇怪。」三分糖點點頭，摸著下巴仔細端看，「感覺……好像是張圖。」

「這麼說起來，和我畫的迷宮地圖有些類似。」

歡迎光臨叫出系統，拿出道具紙，攤開來與牆壁上的紋路做比對。

所有人把頭湊過來，在螢光蟲發出的光線下，仔細比照。

「啊！」五人同時驚呼。

還真的一模一樣！

「所以這面牆的隙縫就是迷宮的地圖？」花漾張大眼睛，不敢置信，「阿歡，快把它畫下來！」

「不用妳提醒，我已經在畫了！」歡迎光臨早就拿出筆，趴在地上描繪。

他們把螢光蟲聚集在這面牆上，讓歡迎光臨有足夠的光線記錄地圖的模樣。

房間不大，五個人的螢光蟲就足以照亮每個角落。其他人也在這短暫的空閒時間，去查看房間裡的其他東西。

「這裡似乎是間小書房。」花漾拿起書櫃上的舊書，輕輕拍掉灰塵，「怪物演變史？這是什麼？」

「教你如何簡單製造陷阱、今天的午餐就決定是你了、迷宮的七百種變化……這個房間裡的書還真是詭異。」三分糖瀏覽著另外一個書櫃，「估計是遊戲設計師想要營造幽默感，才做出這些東西吧。」

俞思晴閒著沒事做，隨意看著書櫃上的東西。忽然，她的目光停留在某本書上。

「奧格拉斯傳說……」她拿起這本書，封面是燙金的圖騰，繪製著戴有光環與翅膀的西方神明。「這名字聽起來有點耳熟。」

「是我們武器之神的名字。」揹在背上的狙擊槍，回答她的疑問，「妳剛進入這個世界的時候，我和妳提過一個關於武器AI的支線任務，妳還記得嗎？」

「啊，確實有。」經過巴雷特的提醒，俞思晴這才回想起來。「這本是紀錄奧格拉斯的書嗎？」

「奧格拉斯神的事蹟都存放在武器之鄉，其他地方照理說應該是找不到。」巴雷特的聲音聽起來充滿疑惑，「再說，奧格拉斯這個名字，不是武器AI或幻武使的話，不會知道的。」

「也就是說，遊戲中的NPC都不知道『奧格拉斯』這個名字。」俞思晴皺起眉頭，反覆查看手中的書，「也就是說，之前住在這個房間裡的人是——」

突然一聲巨響，地面劇烈地搖晃，周圍的牆壁紛紛掉落不小的石塊。

五人連忙各自抓好東西，勉強站穩。

「地、地震？」

「我可沒聽說過這個副本有地震系統！」

「我們該不會是踩到了什麼機關吧！」

三個聲音從房間的角落傳來，可以確定他們沒事。

但有一個人一直沒出聲。

「安呢？」俞思晴問道。平常要是有這麼大的動靜，安早就放聲尖叫，而且還會吵得不可開交。

聽俞思晴這麼一說，其他人才發現沒看到安。

「小安？小安！妳在哪裡？」歡迎光臨焦急地尋找安的身影，「小安！快回答我！」

歡迎光臨不顧地面還在震動，搖搖晃晃地在房間裡找尋安，沒發現身後的書櫃正朝他倒下。

「小心！」

俞思晴顧不得自身安危，趕緊把歡迎光臨撲倒在地。

眼看書櫃在距離自己不到幾公分之處倒下，歡迎光臨這才回過神。

「謝、謝謝……」看著用身體保護自己的俞思晴，他很不習慣地開口。

「現在說謝謝還太早。」俞思晴抬起頭，表情痛苦。

歡迎光臨見她情況不對勁，連忙挪動身體，卻反而讓俞思晴難受地縮起身體。

「唔！」

「妳還好嗎？」

俞思晴跨坐在歡迎光臨的身上，姿勢有些尷尬，可他根本沒去在意這種小事。

「剛才太過著急了，腳有點扭到。」俞思晴艱難地挪動身體，癱坐在他身旁。

一般現實生活裡的扭傷、割傷，甚至是骨折，都能透過實境遊戲玩美地重現。這就是標榜「真實」的遊戲，要是沒做到這種程度，反而會被罵不專業。

不過，像這樣的小傷，只要等待一段時間就會恢復，並不是什麼嚴重的問題。

歡迎光臨鬆口氣，回頭看著書櫃倒下的地方，忽然睜大雙眼。

「這、這是什麼……」

只見書櫃旁邊的牆壁，突然出現一個巨大的洞口，落塵碎石仍撲簌簌地往下掉落，彷彿在剛才地震的瞬間，被什麼東西貫穿。

「花漾姐？小三？」歡迎光臨急忙尋找兩人的身影，想確認他們的情況。

他怎麼樣也找不到人，卻發現在不遠處的地板上，同樣出現了一個巨大窟窿。

『我們沒事。』隊伍系統傳來花漾的聲音，身旁伴隨著三分糖的咳嗽聲。

『剛才的地震究竟是怎麼回事啊？』三分糖不滿地抱怨。

『我也不知道……你們在哪裡？』歡迎光臨問道。

『下面的房間。』花漾無奈道：『我們腳下的地板破了個大洞，害我們掉下來。』

「什麼?那你們知道自己的位置嗎？」歡迎光臨和俞思晴連忙趕到地板上的洞口旁查看。下方非常黑暗，彷彿深不見底。側耳聆聽，也沒有動靜。

迷宮內不知道有什麼機關，他們總不能有勇無謀地貿然跳下去。若是找不到隊友、又在這裡迷路的話，可就糟糕了。

解闇黑迷宮副本第一重要的事，就是不能迷路。

『真是好問題。』

花漾的聲音聽起來不太對，俞思晴和歡迎光臨有不祥的預感。

接著，隊伍頻道傳出野獸的低吼，以及三分糖哇哇大叫的慘叫聲。

『花漾姐！』歡迎光臨大喊。

『抱歉……阿歡，你先跟泡泡鈴去找小安，我們可能要花點時間才能過去和你們會合。』

花漾剛說完，隊伍頻道便斷訊，只剩下沙沙聲響。

「可惡！」歡迎光臨氣得關掉系統，狠踢地上的石頭洩憤。

「別這麼緊張，隊伍系統裡還是可以看到他們兩人的狀態。再說，現在我們也沒辦法過去，先照著花漾說的，去找安吧。」

歡迎光臨似乎有些猶豫，最後還是咬牙決定聽從俞思晴的意見。

他蹲下身來，想把俞思晴抱起，可是俞思晴背後的白色狙擊槍卻突然變回人形，小心翼翼地環抱住她，不讓歡迎光臨碰她一根手指。

歡迎光臨愣了下，明顯感受到巴雷特帶有敵意的眼神。

「小鈴由我來照顧就好。」巴雷特把俞思晴橫抱在懷裡。

俞思晴滿臉通紅，大叫著：「不、不要啦！」

「在妳的腳恢復之前，我會這樣抱著妳，沒有商量的餘地。」見俞思晴受傷，巴雷特很不高興，當然不會讓她拒絕自己。

俞思晴只想找個洞把自己埋起來。

歡迎光臨沒心情去探究巴雷特這麼做的原因，只想著趕快跟伙伴會合，找到失去蹤影的安。

「我還是不太清楚，剛剛究竟發生什麼事。」歡迎光臨打算先釐清頭緒，漫無目的到處找人並不是最好的辦法。

俞思晴見歡迎光臨還挺冷靜的，有些意外。明明剛才安不見蹤影時，他比誰都要緊張。

「剛才的地震，是怪做的好事。我沒看錯的話，牠的目標是另外兩個人，所以才會在他們腳下開洞，故意把你們分開。」巴雷特回答他。

「你怎麼知道？」歡迎光臨對巴雷特的觀察力感到吃驚。

「因為我有察覺到那隻怪的氣息，只是牠的速度太快，我來不及提醒小鈴。」

「那小安也是被牠抓走的嗎？」

「……不。」巴雷特搖頭，「她是跌倒後不小心撞到那面牆壁，結果就掉到暗門裡面去了。」

俞思晴和歡迎光臨飛快地往那面牆看過去，果然可以看到一點隙縫。歡迎光臨不費吹灰之力就能推開它。就像巴雷特說的，這是道暗門。

「難道，這就是有著珍貴道具的隱藏房間？」歡迎光臨不敢置信地說。居然這麼輕易就找到，會不會太簡單。

「不，我覺得不是……」俞思晴搖頭，「我想安應該是和你有同樣的想法，所以就開開心心地往裡面衝了吧。」

想像了安的表情，歡迎光臨忍不住嘆氣。

「確實就像妳說的，那傢伙肯定會這樣認為。」

「至少我們可以確認安去了哪裡，先把她帶回來，再和另外兩個人會合。」

俞思晴瞇起雙眼，神情嚴肅，「我現在比較擔心他們能不能應付得來。」

「說的也是。」

「對了，你剛才繪製的地圖也記得帶著，搞不好之後會有用處。」

「地震一發生我就收進系統裡了，不用擔心。」

他們各自招來螢光蟲，讓牠們飛在前頭帶路。

暗門後面是條走廊，狹窄得一次僅容一人通過。即便如此，巴雷特還是堅持抱著俞思晴，說什麼也不肯放下她。

穿過走廊後，他們來到另一間房間。

率先走出去的歡迎光臨環顧四周，皺眉，「我們……繞了一圈？」

俞思晴和巴雷特心生疑惑：「『繞了一圈』是什麼意思？」

「這裡是迷宮出口。」歡迎光臨解釋道，「這座地下城其實是圓形的，入口和出口只隔著一面牆。」

他邊說低頭思索情報的可信度，「可是為什麼會通往這裡？」

俞思晴從巴雷特的懷裡跳下來，甩甩雙腿，確定扭傷已經復原。

想要離開副本，就得打贏副本王怪，可是召喚王怪的條件是解決小BOSS。他們一路上沒有理會那些小BOSS，最後的王怪根本不可能出現。如此一來，這裡也不能算得上是迷宮的「出口」。

「原來如此。」俞思晴想了下，「看來這就是傳聞中的『隱藏房間』。」

「……啥？」歡迎光臨張大嘴巴，不明所以地看著她，「妳在說什麼？這裡是隱藏房間？別開玩笑了。」

出口就是藏有珍貴道具的「隱藏房間」？未免太不合邏輯。

「隱藏的房間不一定就是沒人去過的密室。以另一個角度來說，正式程序之外開啟的房間，也能算是『隱藏房間』。」

她不顧歡迎光臨懷疑的目光，帶著螢光蟲在房間裡走來晃去，最後停在一幅布掛畫面前。

「……Fool嗎？」俞思晴端詳著，轉手掏出副手武器短刀，直接刺入畫中。

畫裡的人表情痛苦地扭曲著，最後竟然化作青綠色光點，碎裂消失。

在掛畫消失後，牆上赫然出現一扇門。

歡迎光臨驚訝得嘴巴都忘記闔上，沒想到俞思晴竟然真的找到了「隱藏房間」！

「妳……為什麼會知道？」

這個房間四面牆都掛著塔羅牌主題的掛畫，看起來就像是一般的擺飾。

俞思晴聳肩回答：「我以前玩的實境網遊，也有過類似隱藏房間的設計，所以多少猜到。至於我為什麼選擇這面，是因為這幅畫是『愚者』。」

「愚者？遊戲公司把我們當成愚弄的對象嗎？還真是惡趣味。」

聽他這麼說，俞思晴笑了出來。

「不，『愚者』代表的並非愚笨的人，而是『開始與結束』，同時也有無限可能性的意思。」她拍拍這扇門，「我想這道牆壁後面，就是我們進來的入口，所以才會把愚者掛在這裡做為提示。」

歡迎光臨尷尬地摸摸鼻子，「嘖，這種事情誰會知道啊！」

「就像你說的。」俞思晴表情凝重地看著歡迎光臨，「這種事情很難察覺，安也不可能知道。」

歡迎光臨馬上明白她的意思，嚴肅地皺起眉頭，「……妳說的對，安不可能知道這種機關。」

他們追著安來到這裡，可是卻沒有見到人，再加上這扇門的提示，憑安的思考能力是絕對解不出來的。

也就是說，安是真的憑空消失了。

第四章　闇黑迷宮（中）

Sniper of Aogelasi

安是個熱血笨蛋，這種要用動腦袋思考才找得到的暗門，她不可能猜得出來。看來，安肯定遇到了什麼事情。

歡迎光臨想到花漾和三分糖的情況，不免咋舌。

「嘖，到底是怎麼回事？就好像有人刻意把我們分開似的。」

俞思晴拿著變回狙擊槍型態的巴雷特，往那扇門走過去，「如果真是你說的那樣，就表示有人引導我們來這裡。」

「有人引導……什麼人會這樣做？」

「還能有誰？」俞思晴將槍口對準門，扣下扳機，在歡迎光臨錯愕的目光下將門打穿。

「除了這個副本的設計者，沒有其他可能性。」

俞思晴站在煙霧之中，氣勢十足地將狙擊槍扛在肩上，不等歡迎光臨回神，率先走入房間裡。

歡迎光臨連忙追上去。不管怎麼說，他都不想被俞思晴丟下。

「喂，妳為什麼突然攻擊？」

「門要是打得開，我也不會這樣做。」

那扇門沒有鑰匙孔和門把，無法用普通的方式打開。此刻安下落不明，俞思晴根本沒心情思考要用什麼聰明辦法開門。

最快的方式，就是強行以武力突破。

「我們不是應該先去找安嗎？」歡迎光臨問道。

「安的狀態沒有異常，可以不用那麼緊張。」

「沒親眼看到她安全，我不能放心。」

俞思晴愣了下，搗嘴偷笑，「其實我從一開始就想問……你是不是對安有意思？」

「什——」歡迎光臨頓時滿臉通紅，「我、我怎麼可能對那種女人有、有——」

「是這樣嗎？明明總是在瞪我。」

俞思晴沒放過調戲歡迎光臨的機會，「我和安都是女孩子，有什麼好吃醋的？我又不會把她搶走。」

歡迎光臨啞口無言，只能羞紅著臉，惡狠狠地瞪著俞思晴。

不過，歡迎光臨的態度這麼明顯，安居然看不出來，也真厲害。

「安這方面挺遲鈍的，你也別老是和她吵架，會有反效果。」

聽到俞思晴這麼說，歡迎光臨的臉都垮了下來。

表現得這麼明顯，還說對安沒意思，俞思晴忍不住笑出聲。

「噗，你還真有趣。」

「別把我當笑話。」

歡迎光臨大步走向俞思晴，用自己的身高優勢居高臨下地看著她，「還、還有，不准把這件事情告訴其他人。」

見他紅著臉、用絲毫沒有霸氣的態度威脅自己，俞思晴實在難忍笑意，突然覺得歡迎光臨比想像中還要可愛。

雖然她認為花漾和三分糖肯定早就看出來了，還是先點頭答應。

「好，我不說，但你也別等太久。安可是很受歡迎的，要是她被其他男生追走，可別怪我沒提醒你。」

「趕快找到道具，然後去和其他人會合啦！」

歡迎光臨惱羞成怒，轉身離開。

他才剛往前踏出步伐，整個房間就劇烈地晃動起來，伴隨著巨大聲響。

有過類似經驗，兩人立即提高警覺，戒備地望向四周。

俞思晴懷中的狙擊槍突然大喊：「腳下！」

俞思晴不做他想，拉住歡迎光臨的衣領，帶著他跳開。

果真如巴雷特所說，一隻巨大無比的蛇形怪由地底竄出，捲著身體圍住整個房間，封住退路。

牠張開鷹般的嘴喙，發出尖銳的叫聲。就是這道聲波引起地面晃動，他們的耳膜也刺痛不已。

「那是什麼？我從來沒見過這隻怪！」

打過這個副本無數次的歡迎光臨，和這隻怪也是初次見面。牠不是小BOSS，不是副本王怪，更不是迷宮內要清除的小怪。

還沒弄清楚狀況，這隻半蛇半鳥就朝他們迎面撲來。

兩人各自往左右跳開後，拿出武器。

「別管牠是從哪裡來的，先解決掉牠比較重要。」俞思晴以速度優勢繞著牠飛奔，連續開槍，好不容易才阻止牠猛撞。

歡迎光臨則召喚出火系魔法，瞬間把怪吞噬。但牠的皮膚似乎能防火，怪毫髮無損地揮開火焰，朝歡迎光臨撲過去。

「該死！」歡迎光臨趕緊張開屏障。雖然成功防禦，怪卻不死心地繞著他晃來晃去。

俞思晴不禁覺得奇怪。

這隻怪似乎把歡迎光臨當成目標？難道牠能夠分辨，哪個幻武使比較好對付？這樣的話就是ＡＩ怪的程度了。

「我的資料裡並沒有這隻怪，小鈴。」巴雷特突然開口。

「什麼？」俞思晴愣了下，「你確定嗎？」

「百分之百肯定。」

想起自己進入小房間時踩到的軟綿綿物體，以及飛快晃過去的黑色長條身影，俞思晴忍不住猜想，她在之前的房間裡看到的，會不會就是牠。

但實境網遊不可能存在著遊戲設定之外的怪。那隻半蛇半鳥究竟是什麼？

「該不會是像肯特女神那樣的 BUG 吧？」

遭遇過肯特女神事件後，俞思晴很難不往這方面想。

「妳是說，牠也是被刪除的怪？」

「我想不到其他可能性。」

俞思晴重新裝填子彈，推開腳架，將槍口對準半蛇半鳥。

「巴雷特，準備好。」

「是。」

「倒數發射，五、四、三、二——一！」

俞思晴扣下扳機，「狙風鎖鍊！」

旋轉的綠色光芒從槍口射向怪的正上方，並在地面張開範圍魔法陣。

歡迎光臨看到後立刻向後閃躲。怪也想跟著追上去，卻被困在魔法陣內，無法離開。

接著，無數道風刃憑空出現，對怪展開攻勢。

「這隻怪為什麼以我為目標啊？」歡迎光臨滑步來到正準備收起腳架的俞思晴身邊，「我可是法師，不是肉盾，沒辦法打近身戰！」

「我們都是遠攻型的打手，遇到這種怪必須格外小心。」

俞思晴重新把狙擊槍揹在背後，拉住歡迎光臨的手，往房間外飛奔，「先離開這裡，這隻怪我們兩個應付不來，得先和其他人會合。」

「妳怎麼又突然改變主意？說要先把道具弄到手的可是妳。」

「前提是沒有遇到這隻怪！」

俞思晴話剛說完，那隻半蛇半鳥居然撞破房間的牆壁衝出來，殺紅眼地朝他們尖聲鳴叫。

「媽啊！這怪沒有被侷限在那個房間裡嗎？」

「嘖，我就是擔心這樣。」

俞思晴早已經有所預料，忽然伸手將歡迎光臨橫抱起來。

「妳妳妳、妳做什麼！」

沒想到自己竟然會被身材矮小的俞思晴抱起，歡迎光臨頓時臉色鐵青，兩隻手都不知道該放哪。

但俞思晴沒理他，蹲低身體後，低語：「疾步。」

兩人倏地加速前進，一下子就把窮追不捨的怪拋在後方。

俞思晴拐了幾個彎，利用迷宮的特性將牠甩開，之後帶著歡迎光臨躲進迷宮的死路，摀著他的嘴巴。

「巴雷特。」她低聲喚道。

「是。」聽到俞思晴的呼喚，巴雷特化為人形。

不用她開口，巴雷特也明白她想做什麼。他伸手撫上牆面，閉起雙眼。

歡迎光臨不知道他在做什麼，皺起眉頭看著俞思晴。

過沒幾秒鐘，巴雷特便把手收回：「沒問題，已經感受不到那隻怪的氣息。」

俞思晴這才把手從歡迎光臨的嘴上挪開。

「果然，牠得在看得到我們的情況下，才會追趕。」

歡迎光臨指著俞思晴的鼻子說：「妳幹嘛把怪拖出來？萬一被花漾姐他們遇到怎麼辦！」

「我也沒料到會這樣，別把錯怪在我身上。」俞思晴不悅地嘟起嘴，「現在我們應該考慮的是該如何繞過那隻怪，和他們會合。」

歡迎光臨扠腰嘆氣，「連他們的位置都不知道，怎麼找人？」

俞思晴也苦惱不已，「總之，先拿出地圖確認我們的位置吧。」

歡迎光臨拿出地圖，努力回想俞思晴剛才跑的路線。雖然有些混亂，但還不至於迷失方向。

「這裡。」他指著地圖一處，「嗯？其實我們離剛才的房間滿近的。」

看了地圖才發現，原來俞思晴沒有跑太遠，而是在附近繞圈子。

虧她還是第一次進來這個副本，居然沒有迷路。

「巴雷特照我的要求，替我們指路，我本來就沒打算跑太遠。」

「難道……妳本來就打算把怪引出房間？」

「原本沒有這個打算。」俞思晴歪著頭，「算是誤打誤撞吧？」

「我怎麼看都不覺得。」

俞思晴看了他一眼，笑道：「實境網遊我玩得多，怪有多少種模式，我大概知道。」

歡迎光臨懶得聽她繼續炫耀，揮揮手，「怎樣都好，接下來該怎麼辦？」

「先聯繫花漾姐，通知他們這隻怪的事情。」俞思晴說完便起身，「我回那個房間看看。」

「不行！」歡迎光臨看她拿起變回狙擊槍的巴雷特，似乎是打算單獨前往。他怎麼可能讓她這樣做，嚴厲拒絕。「在闇黑迷宮落單是很危險的，妳可別小看這裡的怪。」

「所以我不是要你待在這裡別亂跑嗎？你能叫出防禦保護自己。」

「危險的是妳吧！」

「我？」

俞思晴眨眨眼，隨即露出壞笑，信心滿滿地將狙擊槍扛在肩上，「你可別小看我。我的等級雖然沒你高，但實力絕對在你之上。」

「什麼？」

歡迎光臨還沒會意過來，俞思晴已經利用「疾步」衝出去。

「喂！真是……那傢伙真會給人找麻煩！」

沒打算乖乖聽話，留在原地的歡迎光臨，正想使出同樣的技能追趕，他的法杖卻突然不受控制地轉化為人形。

他嚇了一跳，他的武器ＡＩ比他更困惑。

「怎麼回事？」歡迎光臨和他的武器ＡＩ面面相覷。

就在這時，一道黑色身影突然從天花板迅速地降下。

那是一名女子，低垂著頭，看不清長相。她的手裡拿著一把折扇，一落地便直接對歡迎光臨的武器ＡＩ發動攻擊。

迅猛異常的攻勢讓歡迎光臨完全來不及招架，他眼睜睜看著自己的武器ＡＩ被她打倒在地，根本無力還手。

「沒辦法了。」

歡迎光臨一咬牙，拿出副手武器，湊合著用。

女子突然轉過頭來，野獸般的凶惡目光，緊緊鎖定他手中的武器。

但是讓歡迎光臨錯愕的，不是她的表情，而是——

「……小安？」

俞思晴非常習慣避開怪，挑選最安全的路徑。

她偷偷趁歡迎光臨不注意的時候，利用道具複製地圖。只要有這張地圖在，就不用擔心迷路了。

「小鈴，妳為什麼想回到那個房間？」

「我覺得說不定能在那裡找到離開的辦法。」

「離開？我以為我們的目的是隱藏道具。」

「一開始是……但我總覺得事情不太對勁。」

「難道妳是在擔心……」

巴雷特說到一半，沒繼續接下去。

每當提起肯特女神，就會想起俞思晴畏懼的表情，他說什麼也不想再讓俞思晴有那樣的回憶。

將心思放在眼前境況的俞思晴，沒有注意到巴雷特忽然沉默。他們很快就回到那隻半蛇半鳥出現的房間。

房間已經被牠毀得差不多了，俞思晴來到牠鑽出的那個洞口，低頭一看，恍然大悟。

「原來……牠只是想保護自己的小孩。」

洞裡是一窩蛋，蛋殼散發著七彩螢光，相當漂亮。

「花漾和三分糖遇到的搞不好也是這隻。」俞思晴猜測。

「也就是說，這些怪的巢穴，正好在這個副本迷宮底下？」

「看樣子是沒錯。」俞思晴跳到巢穴裡，伸手撫摸蛋殼，「不過真奇怪，既然是這樣，為什麼遊戲資料裡沒有記錄這隻怪的存在？」

上方忽然傳來一聲巨響，俞思晴和巴雷特立刻提高戒備，跳出洞口。

俞思晴視線逡巡四周，發現某個方向瀰漫著塵埃，應該就是巨響發生之處。

她調轉槍口對準那個地方，全神貫注，卻忽然聽見咳嗽聲響。

「咳咳咳……咳……」

「你確定走這邊是對的？」

「總比待在那個地方好。」

聽到交談聲，俞思晴趕緊收回狙擊槍，「花漾？三分糖？」

揮開煙霧走出來的兩人，見到俞思晴，開心不已。

「啊，小泡泡！」三分糖痛哭流涕，抱住俞思晴，「總算離開那個恐怖的巢穴了！」

花漾邊喝著紅藥水邊走過來，「奇怪，怎麼就妳一個？阿歡呢？」

「我把他留在安全的地方，因為我們剛剛遇到棘手的怪。」俞思晴使勁地把三分糖推開，回答花漾的問題。

「棘手的怪？」花漾臉色一沉，「是什麼樣的怪？」

「半蛇半鳥。」

俞思晴見兩人的表情僵硬，立刻明白自己猜測得沒錯，「果然，你們之前遇到的也是牠。」

花漾點頭，「沒想到連這裡也有。我和三分糖可是花了很大的力氣，好不容

易把牠打倒。如果是你們兩人遇見，應該更難應付，真虧你們能安然無恙。」

「我們是逃到牠的視線之外，才順利擺脫的。」俞思晴不忘提醒，「牠還在外面的地圖徘徊，你們也要小心點。」

「嗚哇，還真夠麻煩。」三分糖煩躁地搔著頭髮，「要是那傢伙沒放我們鴿子就好了。」

「那傢伙……是指之前和你們組隊的那個人嗎？」俞思晴好奇地問。

三分糖忍不住抱怨：「就是他！那傢伙是個標準現充，因為今天臨時有人找他去聯誼，才放我們鴿子！」

「好啦好啦，現在說這些也於事無補。」花漾安撫道，「不過，少了他確實比較辛苦，畢竟補師不好找。」

「為什麼這遊戲的補師這麼少，還都是一些怪人！妳知道嗎？上次有個補師居然跟我說，要給她三十萬才肯組隊！」

俞思晴不曉得這遊戲的補師情況這麼糟糕，但也並非完全沒有預料到。

物以稀為貴，補師的數量嚴重不足，那麼運氣好抽到補師職業的玩家，自然會利用這個優勢，趁機大撈一筆。

「我倒是認識一個不錯的補師，下次你們有需要，我可以幫忙聯繫。」

「真的嗎？小泡泡，妳真是我們的福星！」

三分糖趁這機會衝上前，握住俞思晴的雙手，表示感激。

正當花漾打算阻止三分糖的騷擾行為時，三人的武器ＡＩ突然間自動轉化為人形，一臉錯愕地站在原地。

他們嚇了一跳，還沒搞清楚是怎麼回事，就看到三道黑色身影從旁竄出，快速地朝他們攻擊過來。

「小心！」花漾反應極快地拿出副手武器，擋住想要攻擊俞思晴的人。

三分糖則是朝自己的武器ＡＩ伸出手，卻怎麼樣也無法讓她幻化回武器狀態。

「花漾姐，情況似乎有些不太對勁，武器ＡＩ無法使用！」

「我的也是。」花漾把敵手打退，看著三道黑色人影聚集在一起。

對方虎視眈眈地盯著他們看，就像是瞄準獵物的捕食者。

看清楚對方的長相後，花漾不由得一愣。

「什麼？這是怎麼回事？」

同樣看清楚對方面孔的俞思晴和三分糖也同樣一驚。

「……安？」俞思晴半信半疑地瞇起眼，想確認不是自己眼花。

這三人的長相，居然和安一模一樣！

對方亮出短刀，再次撲上。這回俞思晴等人早已做好準備，各自散開，拿出副手武器和對方打起來。

「嘖！這攻擊力道太強，根本不是小安！」三分糖陷入苦戰。不論是速度、力量，都比原本的安高上好幾倍。

再說，安沒有這種分身招術。很顯然，有人故意利用安的模樣，想要混淆他們。

「小鈴！」巴雷特焦急地站在一旁。眼睜睜地看著俞思晴被攻擊，卻無法幫忙，讓他覺得自己沒用又無力。

「我們為什麼會突然變回人形？還是在幻武使沒有下命令的情況下？」花漾的武器ＡＩ也很無助，這樣的情況他是初次遇到。

三分糖的武器ＡＩ搖搖頭，「不知道，我也沒遇過。怎麼辦啊？我的主人沒有我不行……」

「喂！別把妳的主人形容得弱不禁風行不行！」三分糖就算手邊再忙也不忘回嘴。

「你明明就沒什麼實力，每次都是靠隊友幫忙。」

「啊啊啊！妳別害我在初次見面的女生面前丟臉！」

「那有什麼關係？」武器ＡＩ嘟起嘴，氣呼呼地扠腰，「主人有我就夠了，不需要其他的女孩子。」

「嗯？」花漾的武器ＡＩ質疑，「妳的主人常常和我的主人組隊練等，為什麼妳從來沒有反對？」

「花漾姐姐沒關係。」她天真地燦笑，「因為花漾姐姐不是主人的菜。」

花漾朝他們怒瞪了一眼。接受到花漾的怒氣，他們才乖乖閉上嘴巴。

和這兩個武器ＡＩ相比，巴雷特則是完全沒有心情說笑，一心擔憂著余思晴的狀況。

「我們是幻武使的武器，要是沒有辦法變回武器讓幻武使使用，那麼我們就失去了存在的意義。」巴雷特目不轉睛地盯著余思晴，冷靜地對他們說，「難道這樣你們也無所謂？」

兩人互看，深深反省自己挑錯時間聊天。

「可是，我們沒辦法變身是事實，就算想幫也幫不了。」花漾的武器ＡＩ回

答他，想安撫巴雷特。

但巴雷特還是沒辦法眼睜睜看著俞思晴被攻擊。

「一定是有什麼原因，限制我們的力量……」他開始認真找尋房間內可疑的物品。

「我們變回人形的時間，和那些黑色人影出現的時間點差不多，會不會是受到她們的影響？」

花漾的武器ＡＩ如此猜測，三分糖的武器ＡＩ也跟著拍手應和。

「有可能！你還真聰明！」

「就算知道也沒有什麼意義，我們需要的是消滅她們的辦法。」

「你說的沒錯……」巴雷特從系統叫出副手武器，「既然沒辦法以武器的姿態為幻武使戰鬥，就只能用其他方式了。」

花漾的武器ＡＩ露出驚訝的表情，「你該不會是想——不行，不可能的，人形武器ＡＩ根本沒有戰鬥能力，就算去幫忙也只會造成幻武使的負擔。」

「不試試看怎麼知道？」巴雷特已經下定決心，眼神堅定，「我不想束手無策地待在旁邊，什麼都不做。」

說完，他便提著武器，衝向俞思晴的身邊。

另外兩個武器AI彼此對看，覺得巴雷特說的有道理，但又很為難。武器AI的存在，是為了協助幻武使進行遊戲，其他的事情不該多做干涉。

「那個槍族有點怪怪的，妳不這樣認為嗎？」花漾的武器AI思索著。巴雷特的情緒和反應，並不是武器AI該有的。

「……啊，所以不是我的錯覺。」三分糖的武器AI眨眼道：「你也這樣想？」

花漾的武器AI點點頭，「這件事情得回報一下，以免他給我們帶來什麼不必要的麻煩。」

「哎——這樣的話倒楣的會是我們，我可不想惹麻煩。」她皺起眉，一臉厭惡，「虧他長得那麼好看，結果卻是有問題的武器AI，真可惜。」

好不容易擺脫與安長得一模一樣的攻擊者，歡迎光臨狼狽地躲在牆角，拍著胸膛喘息。

「該死……這下子沒辦法回去原來的地方了，還得想辦法提醒泡泡鈴這件事。」

打從假冒安模樣的人出沒後，隊伍通訊系統就只剩雜訊，沒辦法聯繫上其他隊友。

幸好壞掉的只有通訊，還是能夠透過隊伍資訊看到其他人的狀態。

歡迎光臨忖度著：「我們只能回去剛才的房間找她，還得想辦法繞過那隻沒有記錄的怪。」

他的武器ＡＩ提出意見：「主人，由我走在前面替你看路。怪不會偵測到我現在的型態，就算牠看見我，也不會引起牠的注意。」

「但是小安的複製人對妳具有攻擊性，這點我們剛才已經證實過了。」

他們原本也是猜測，攻擊者應該只針對幻武使攻擊，可是對方卻殺紅了眼，不分武器ＡＩ或幻武使。

起先歡迎光臨也懷疑過，是不是安受到什麼東西的影響而變成這樣。但後來證實，那個攻擊者是打不死、也沒辦法應付的「安的分身」。

不過，或許比起「分身」，用「影子」來形容會更為貼切。

因為攻擊者沒有實體。

「沒有實體、卻能持有武器，這已經很匪夷所思了，加上那隻連武器ＡＩ都不曉得名字的怪，這裡絕對有問題。」

「會不會和那次一樣？」

「妳是指之前的BUG？」

雖然他們沒有參與肯特女神的混戰，卻聽說過傳聞。

那是遊戲公司承認的BUG，短時間就修復了，也承諾在公測後補償珍貴道具給玩家，所以玩家們並沒有把這件事情放在心上。

他們也不例外。

「如果真的是這樣，就表示這遊戲根本還沒完善到能夠進行封測！遊戲公司在搞什麼，為什麼要硬推這種半成品？」

歡迎光臨抱胸思索，努力找出解決辦法。

「總之，妳先變回武器型態，頂多我硬闖過去。」

武器ＡＩ點點頭，依照命令變回法杖。

歡迎光臨把它拿在手裡，「果然，妳會突然無法變身，是因為那個複製人的關係。」

「所以只要我變回人形，就表示她在附近？」

「嗯，現在也只能用這個方法來判斷了。」

依照地圖顯示的最短路徑，歡迎光臨帶著法杖往前走。

一開始挺順利的，遇到的都是容易應付的小怪，雖然花的時間略長，倒不至於像那隻令人頭痛的半蛇半鳥或安的分身。

正當他鬆懈下來、覺得自己挺走運時，後方忽然傳來熟悉的尖銳鳴叫，嚇得他臉色發白。

想也不想，立即決定拔腿閃人。不久後，半蛇半鳥果真追了上來，不惜毀壞迷宮的圍牆，也要攻擊他。

「媽啊！你從哪裡冒出來的！」

「主人，這次好像有點不同。」

歡迎光臨忙著逃跑，沒聽見武器ＡＩ的提醒，直到他的前面被怪擋住去路。

抬頭一看，竟然是另外一隻半蛇半鳥。

「什麼？居然有兩隻？」

「……不是的。」他的武器ＡＩ用嚴肅的口氣回答：「主人，請看仔細點，是一群。」

武器ＡＩ剛說完，隱藏在角落陰暗處的半蛇半鳥全都探出頭來。

牠們身形有大有小，唯一不變的是閃爍的獸眸，像是能將他一口吞下。

「哈、哈哈……我還真夠倒楣。」眼看自己被團團包圍，根本無路可退，歡迎光臨只好認命地舉起武器，打算施展範圍魔法來牽制牠們。

雖然他的火系魔法無法傷害到這些怪，但至少能替他爭取逃跑的機會。

在法杖點燃火苗、準備施展的時候，這些半蛇半鳥的後方突然傳出野獸的吼叫聲，接著三隻巨大的怪物便衝進來，攻擊牠們。

半蛇半鳥張開翅膀、威脅般地鳴叫，並以數量壓制，但是那三隻巨大怪物卻毫不畏懼，把牠們當成蚯蚓般踩在腳下。

歡迎光臨看傻了眼。

這三隻巨大的怪物，是副本裡的小BOSS。牠們竟然會反過來協助玩家？這種事情有可能嗎？

「副本怪該不會也有地盤意識吧……牠們是把這些半蛇半鳥當成幻武使攻擊？」

「不管原因是什麼，總之，這是逃走的機會。主人，趁現在！」武器ＡＩ催促著，不想錯過這次的好運。

「說的也對，我們快走！」歡迎光臨回過神，連忙往走廊的地方跑過去。

「阿歡，等一下啦！」突然有人叫住歡迎光臨，那聲音還很耳熟。

歡迎光臨停下腳步，回頭望去，正好看到一個人影從巨大怪物的身上跳下來。

「嘿咻！」她落地時高舉雙手，擺出降落姿態，隨即笑嘻嘻地對歡迎光臨說：

「是我是我，不要緊張，這些傢伙是我帶來的幫手。」

「……啥？妳在說什……妳真的是安娜貝兒嗎？」

歡迎光臨才剛說完，就被安狠狠打頭。

「當然是！難不成還有假的？」

「好痛！」歡迎光臨忍不住抱怨，「妳都不知道我因為妳的關係吃了多少苦，妳居然還打我！」

「什麼意思？」安愣住，「這麼說起來，你怎麼會落單？其他人呢？」

「我這不正要去找嗎？」歡迎光臨嘴上沒好氣地回答，心中卻因為安的安然無恙而鬆了一口氣。

安轉頭吹了聲口哨，那三隻副本小 BOSS 聞聲立刻趕來。

牠們乖巧聽話的模樣，令歡迎光臨張目結舌。

「我還要找其他同伴，幫幫我吧。」

三隻小 BOSS 竟順從地讓她撫摸，還發出低沉的呼嚕聲。

「妳、妳到底是怎麼做到的？」歡迎光臨對眼前這幕感到不可置信，「我怎麼不知道副本小 BOSS 可以馴服？」

「我沒有馴服牠們，是牠們主動說要來幫助我的。」安如實回答。

「主動說……妳聽得懂牠們說的話？」

安點點頭，「我之前遇到一隻很奇怪的怪，像是黑色的糨糊，黏稠稠的。我不小心碰到之後，就突然聽得懂牠們說的話。」安開心地說：「而且牠們還很好心地保護我，不然我早被那團黏糊吃掉。」

「黑色的糨糊……」歡迎光臨突然浮現出不祥的預感。

安遇到的東西，該不會跟他剛才見到的分身，有什麼關聯吧？

「總之，我們先和其他人會合，再討論這件事。」歡迎光臨的表情相當嚴肅，似乎有很嚴重的事情發生。

安沒有多問，點點頭。

「那就上來吧！這裡是牠們的地盤，很快就能找到人。」

「什……等等，我可不想把怪當坐騎……哇啊！」

歡迎光臨根本沒有拒絕的權利，就被安硬拉上去。

第五章　闇黑迷宮（下）

Sniper of Aogelasi

三十分鐘後，俞思晴三人已經精疲力竭。

對付這些傢伙必須全神貫注，而且不管他們怎麼攻擊，都沒有辦法對她們造成傷害。

「這東西太奇怪了。」花漾用手背擦去汗水，與三分糖背靠背，「繼續打下去不是辦法，我們得想辦法逃走。」

「可是小泡泡說外面還有那隻怪，萬一我們在逃跑的路上遇到牠，那就慘了。」

「再怎麼說也比現在的情況好。」

「這、這麼說也對……」

三分糖和花漾討論好，便朝俞思晴喊道：「小泡泡！閃人了！」

俞思晴聽見，連忙拉著巴雷特跟上兩人，另外兩名武器ＡＩ也緊跟在旁。

「你們有什麼打算？」俞思晴問道。

「繼續打下去只是浪費時間，先把她們甩開。」

俞思晴不由得一愣，但想想也沒錯，這樣打下去根本不會有勝算。

回頭看著那些窮追不捨的身影，俞思晴一咬牙，突然煞住腳步轉身。

「雖然我還沒試過，不如就利用這次來試試看。」她朝同樣停住的巴雷特伸出手，「巴雷特，要用了！」

「是。」巴雷特毫不猶豫地握住那隻手。

「小泡泡？妳打算做什麼！」見俞思晴停下來，三分糖跟著停下腳步，想把俞思晴強行帶走。

俞思晴勾起嘴角：「不要緊，你們在那邊看著就好。」

與俞思晴相握的巴雷特突然變回武器型態。她舉起槍對準那些黑色身影。她們似乎已經察覺到俞思晴打算做什麼，連忙各自散開，但已經太遲。

「響尾蛇鎖鍊！」

俞思晴扣下扳機，子彈射出後在半途便炸開，伸展出無數條銀色鎖鍊，纏住這些黑色身影的手腳與身體。

隨即巴雷特就從武器變為人形，滿頭是汗，似乎消耗了很多體力。

「巴雷特，不要緊嗎？」俞思晴關心地詢問，但雙眼仍專注地盯著黑色身影，手裡緊握著鎖鍊的尾端，強行拉倒敵人，讓她們無法動彈。

巴雷特稍微順了一下呼吸，「沒、沒事。」

俞思晴勾起嘴角，拿出副手武器的短刀，將鎖鍊釘在地上。

「我們走。」她扶起巴雷特，朝看傻的那兩人說：「這樣至少能拖延她們幾分鐘。」

花漾和三分糖互看一眼，點點頭。

三分糖替俞思晴攙扶巴雷特，而花漾則是在前面帶路。

遠離那些黑色身影之後，他們的武器AI都恢復了變身的力量，但巴雷特還是一臉倦怠。

他們回到第一個小BOSS所在的房間，原本應該待在這裡的小BOSS不知為何不見蹤影，可是他們沒心情去思考原因。

由三分糖和花漾負責站哨，巴雷特則靠在牆邊休息。

「小泡泡，妳剛才究竟是怎麼做到的？」三分糖很在意俞思晴剛才做的事。

明明他們的武器AI都被控制住，為什麼俞思晴能打破限制？

俞思晴知道他們會問，本來這方法她不想在人前使用的，實在是因為沒辦法。

「這是幻武使的特殊技能，是我之前解一個小支線任務時得到的隱藏獎勵。

雖然那個任務內容不難，但因為回報任務的獎勵品很少，又是不起眼、隨處可見的普通材料，所以很少有人願意接。」

「特殊技能居然會藏在那種地方……」

「遊戲公司故意設計的，這很常見。我向來是所有任務都接，就是知道會有這種『好康』。」俞思晴笑道。

俞思晴的細心令三分糖很佩服，產生了好感。

「那個特殊技能究竟是什麼？」他看巴雷特疲憊得不太尋常，可以想見這個技能的「副作用」挺棘手的。

「在被限制的時候，以幻武使的身分，強制武器ＡＩ進行變身。不過只能維持短短二十秒左右，因為代價太大。」

看著巴雷特，俞思晴很是心疼。

她本來不想用的，但只剩這個辦法能甩開那些詭譎的黑色身影。

「這招一天只能用一次，要是再被安的分身發現，我們就逃不了了。」

「不要緊，妳已經幫了我們很大的忙。」花漾也走過來，加入話題，「接下來交給我和三分糖就好，妳和巴雷特好好休息。」

俞思晴點點頭，回到巴雷特身邊。

巴雷特察覺到動靜，勉強睜開眼，「……抱歉，小鈴，我需要休息一下。」

「我知道，你變回原樣，好好休息吧。」

巴雷特變成狙擊槍，躺在俞思晴的懷裡。

雖然武器型態的巴雷特就和副手武器沒有什麼差別，她也無法使用技能，但至少還能開槍保護自己，不用當個拖後腿的。

突然，外面的走廊傳來「咚咚咚」巨大腳步聲，三分糖和花漾立即舉起武器，面向聲音來源。

只見不遠處，三隻小 BOSS 正朝他們飛奔而來。龐大的體型及飛快的步伐，讓畫面看起來相當有衝擊力。

「這個副本是怎麼回事！居然連小 BOSS 都聯合起來攻擊？」三分糖不禁苦笑。以前來這裡都沒遇到這些狀況，這回真不知道是倒楣還是幸運。

「看樣子，應該和那個房間有關。」花漾指的是牆上有地圖的房間，「自從找到那個房間後，事情就變得一發不可收拾。」

「真是……早知道會遇見這麼多衰事，打死我也不會來找什麼特殊道具。」

花漾和三分糖各自拿好武器，打算上前迎敵，卻隱約看到其中一隻小 BOSS

的背上，有人正在跟他們朝手。

「……咦？」三分糖不由得愣住，「是我眼花嗎？」

「不是眼花。」俞思晴透過狙擊鏡，看清對方是誰，鬆了口氣，「是安還有歡迎光臨。」

她的話讓兩人瞪大眼。這時三隻小BOSS也已經到達目的地。

「花漾姐！三分糖！」安開心地拉著歡迎光臨跳下來，撲進花漾的懷裡，「我好擔心你們啊！」

「小安，這是怎麼回事？」花漾還沒回神，驚訝地看著在自己懷裡磨蹭的安。

歡迎光臨走過來，齜牙咧嘴地扶著腰，「這三隻小BOSS似乎是來協助我們的，不知道為什麼，牠們很聽小安的話。」

「我怎麼不知道副本的小BOSS可以馴服？」三分糖說了和歡迎光臨一樣的話，安忍不住笑出來。

「我沒有馴服牠們，只是交了個朋友。」安放開花漾，又開心地抱住俞思晴，「我剛才已經聽歡迎光臨說了，有個長得很像我的人在攻擊你們？」

「呃……對。」俞思晴推開她，「妳知道原因嗎？」

安笑道：「大概是我之前遇到的那團糍糊怪，碰到我之後複製了我的模樣，跑去攻擊你們了吧。」

「果然和妳有關係……」三分糖雙手扠腰，嘆氣道：「虧妳還是隊長，爭氣點，別給我們找麻煩啊。」

安苦笑著賠罪，「對不起啦，改天我請你們吃飯，別生氣嘛。」

「不管怎麼說，我們還是要想辦法對付那東西，然後離開這裡。」

在這樣的情況下，俞思晴不認為找稀有道具是優先選項。

經過方才的經歷，其他人猛點頭，反而是安苦著一張臉。

「哎——要放棄嗎？我們好不容易才走到這步，以前都沒發生過這些事耶，難道你們不覺得，我們好像離目標越來越近了？」

「安，妳是認真的嗎？」三分糖皺起眉，「難道妳還不懂現在是什麼情況？」

「我知道啊！可是……」安嘟起嘴，指向三隻小 BOSS，「牠們希望我們能夠幫忙把那些闖入牠們地盤的怪消滅掉，這樣牠們就會幫忙處理那些糍糊。」

只有安能聽懂小 BOSS 在說什麼，其他人根本無從判斷安是不是在說謊。

「我可不管這麼多，老子要閃人！」歡迎光臨的忍耐已經到達極限。

「我也是，更何況我們現在只有四把武器AI能用。」三分糖聳肩。

「四把武器AI？」安看了看他們，「我們不是有五個人？」

俞思晴自動舉手，「我剛才用了技能，所以暫時沒辦法使用武器AI。」

安垮下臉，「咦？怎麼這樣……小鈴妳可是最佳打手耶。」

「我也沒辦法，這是為了逃走。」

「不然我的羅貝索恩借妳如何？」

「幻武使和武器AI之間是有契約的，無法使用沒有締結契約的武器AI，妳別異想天開了。」

安負氣地鼓起臉頰，自知理虧。

「好了好了，不如我們先離開，以後再找機會重刷一次，有了經驗打起來也會比較順手。」花漾趕緊出來打圓場，就怕安的任性之舉讓其他人不高興。

其他人還沒來得及開口說出自己的決定，那三隻小BOSS突然跳開，分別擋住房間的三個出口。

安嚇了一跳，其他人也傻眼。

「安？」俞思晴皺眉看著她，「是妳指使的嗎？」

安緊張地用力搖頭，「當然不是我！我也不知道牠們怎麼了，之前明明不會這樣！」

「該不會是……牠們聽見我們的對話，不想讓我們離開吧？」花漾看著牠們，可以明顯感受到敵意，「小安，妳說的糨糊，會不會是這三隻小BOSS做的好事？」

「……咦？」安傻住，「花漾姐，這是什麼意——」

「意思就是說，妳被牠們利用了。」俞思晴毫不客氣地補充解釋。

三隻小BOSS突然大吼著，朝他們襲擊而來。

花漾、三分糖和歡迎光臨三人，各自拿著武器AI上前迎敵。但是這種等級的小BOSS通常需要五人組隊共同對付，單憑一人之力很難抵抗，很快他們就被壓制住。

安愣在原地，看著隊友陷入苦戰。

俞思晴拉住她的手臂，「別想了，安，快去幫忙。」

「可、可是牠們明明說要幫助我們……」

「牠們都是幻武使的敵人，不可能會好心幫我們。」

花漾的猜測並非不可能。

故意把那些擁有複製能力的糍糊放出來襲擊安，再假裝幫助她，取得她的信任。

計畫看似簡單，卻很適合用來拐騙安這樣單純的人。

牠們的目的，恐怕就是想讓他們去對付那些半蛇半鳥。不惜用這樣的計畫將幻武使強留下來，可想而知半蛇半鳥的棘手度。

「既然牠們這麼想，我就讓那些怪來對付牠們。」俞思晴拍拍安的肩膀，隨即使用「疾步」離開。

三分糖瞥見俞思晴從房間溜出去，但小 BOSS 的攻擊讓他分身乏術，無法探問究竟。

「可、可惡……」三分糖咬牙切齒，擔心著俞思晴。

突然間，恢復正常的隊伍頻道傳來俞思晴的聲音：『你們撐著點，我把怪引來。』

眾人稍一思索，便理解俞思晴的行動。他們很有默契地交換眼神，更加專注於應付眼前的小 BOSS。

「主人？」羅貝索恩沒聽見安吵鬧的聲音，詢問道，「妳沒事吧？」

安的身體一震，回過神，連忙回答：「沒、沒事！我們去幫花漾姐！」

說完，她拿著武器ＡＩ衝上前，掩飾心虛的表情。

俞思晴把狙擊槍揹在背後，手裡只拿著副手武器獵刀。這是她最厲害的副手武器，在沒有巴雷特協助的情況下，她只能靠自己。

「小、小鈴……」

「你乖乖休息，巴雷特。這是命令。」俞思晴專注地看著前方，循著記憶找到當初她甩開半蛇半鳥的地方。

她停下腳步，張望四周。「牠應該不會跑太遠。」

那隻怪的習性，似乎會在追丟玩家的地區附近逗留，她上回經過的時候還有見到。

「小鈴！腳下！」巴雷特雖然沒剩多少體力，卻還是盡力提醒俞思晴。

俞思晴一驚，連忙跳起身來。同時，那隻半蛇半鳥就從隆起的地板底下鑽出！尖銳的牙齒與血盆大口，就在俞思晴的腳下。

「嘖！」

俞思晴輕盈地踏在牠的尖牙上，用「疾步」快速離開。

那隻半蛇半鳥緊追在後，不斷發出尖銳的鳴叫。不僅如此，牠更從嘴裡吐出綠色液體攻擊，顯然是被惹毛了。

俞思晴跳開閃避攻擊。液體落地，竟瞬間把地面腐蝕。要是她不小心碰到的話，恐怕不是掉血這麼簡單。

「怒氣沖天啊……正好，我們不遑多讓。」

俞思晴用最快的速度衝回隊員所在的房間。半蛇半鳥撞破牆壁，跟著撲進來。

三隻小 BOSS 頓時停下動作，目光集中在被碎石壓住的半蛇半鳥身上，不再攻擊花漾等人，而是慢慢往後退。

牠們還沒來得及落跑，半蛇半鳥的翅膀便從碎石底下張開，仰起頭，發出尖銳的叫聲，雙眼布滿血絲，很快就把目標鎖定三隻小 BOSS 身上。

三隻小 BOSS 顯然很畏懼半蛇半鳥，但或許是因為對手只有一隻，牠們竟然壯起膽子，以三對一的方式對牠展開攻擊。

這些身形巨大的怪纏鬥酣戰，打得不分你我，俞思晴等人趁此機會從房間出入口離開。

「都在嗎？」花漾確定五個人都沒落下，趕緊說道：「走，我們回入口去，既然出口沒路，就從進來的地方離開。」

其他人毫不猶豫地照著花漾的命令行動。

花漾和三分糖打頭陣。歡迎光臨拖著有些恍神的安，以免她落後。眾人很快地就回到入口處。

可是，應該存在的傳送魔法陣，卻消失不見。

「傳送陣呢？」三分糖愣了下，「為什麼傳送陣消失了！」

「冷靜點。」俞思晴搭住他的肩膀。

雖然她擁有能夠離開副本的道具，原以為能像打水之精靈時那樣順利離開，但不知為何，不管她怎麼嘗試，那個道具就是無法使用。

這件事說出來只會造成恐慌，所以她一直瞞著。但現在看到入口的傳送魔法陣消失，她不祥的預感恐怕成真。

這個副本，把出口封住了。

俞思晴思索了下，對其他人說：「我們回到最後那間隱藏房間，歡迎光臨，就是你和我一起找到的那個。」

「什麼？為什麼？」歡迎光臨皺眉，但他知道俞思晴已經有計畫。

「別問為什麼，總之快走。你有地圖，應該可以繞過那些怪，安全地帶大家到那裡吧？」

「可以是可以……」歡迎光臨拿出地圖，「妳想做什麼？」

「那個洞。」俞思晴認真地說：「我們要利用那隻怪的巢穴，離開這個副本。」

「什麼？」歡迎光臨嚇了一跳。

花漾和三分糖見過那個洞，知道俞思晴指的是什麼。安則是一臉茫然，不斷眨眼。

「小鈴，妳有計畫嗎？」花漾向俞思晴確認。

俞思晴不想瞞她，據實以告，「有，但只是猜測，到了那邊我再跟你們解釋。」

眾人面面相覷，最後決定相信俞思晴的判斷。

反正現在也沒有其他退路，不如放手一搏。

俞思晴等人再次回到隱藏房間。

花漾和安在門口守著，三分糖則和歡迎光臨一起協助俞思晴，來到半蛇半鳥鑽出的地洞前。

「嗚哇，這是那傢伙的巢穴？」歡迎光臨看著尚未孵化的蛋，忍不住打冷顫，「如果這些蛋全部孵化的話，我們就要倒大楣了。」

「你應該先懷疑，為什麼這個巢穴會在副本底下吧？再說，這隻怪並不在遊戲的紀錄中，這樣不是很詭異？」

與歡迎光臨相反，三分糖冷靜地分析著。俞思晴頻頻點頭，看來他們隊伍裡的男人並不全都是笨蛋。

「有話待會再說，先離開這裡。」門口的花漾不忘提醒眾人，「照這情況來判斷，搞不好巢穴不只一個。」

「花漾姐說得沒錯，我們必須先假設這裡有兩隻以上陌生怪存在。」俞思晴說完，縱身跳下去。

沒想到俞思晴竟然這麼大膽，三分糖和歡迎光臨嚇了一跳。

俞思晴跳入巢穴，彎身觀察並伸手撫摸蛋殼，隨即從系統裡叫出瞬移水晶。

「果然……和我猜的一樣。」

「什麼？」歡迎光臨在上頭大聲地朝她喊，「妳剛剛說什麼？」

俞思晴抬起頭，「你們都下來吧！不用擔心，這裡是迷宮內最安全的地方！」

歡迎光臨和三分糖互看彼此，猶豫半晌才轉頭把另外兩人叫過來。

「花漾姐，小泡泡要我們下去！」

「底下安全嗎？」花漾聽見聲音，便帶著安走過來和他們會合。

當她看到俞思晴在洞底和她招手的時候，不免對她的膽量感到佩服。

「看樣子是沒有問題。」

說完，花漾便率先跳下去，安也笑嘻嘻地緊跟在後。

進入地洞後，一見到這些七彩蛋，安的臉整個垮下來，但花漾沒有注意到她的異狀。

見女孩子都已經開始行動，剩下的兩個男生自然不敢不從。

等所有人都到達洞底，俞思晴便說道，「這個區域可以使用脫離副本的道具。」

「為什麼？」歡迎光臨一臉困惑，「這裡和上面有什麼不同？」

「……難道是因為，這裡不屬於副本的區域，不受系統限制？」三分糖恍然大悟，忍不住讚賞俞思晴，「虧妳能注意到。」

俞思晴笑了笑，「事不宜遲，我們趕快離開這個鬼地方吧。」

正當她打算使用瞬移水晶、把所有人傳送出去時，周圍的七彩蛋突然開始破裂，蛋殼縫隙中鑽出了漆黑的黏稠液體。

安臉色鐵青，下意識地往後退，緊緊貼住俞思晴。

「就、就是這個……」安顫抖著說：「我當初看到的糨糊……就是這東西……」

美麗的外殼破開後，冒出來的卻是充滿惡意的黑色糨糊。這些糨糊沒有固定形體，卻彷彿擁有自我意識般，慢慢地湧向五人。

「我、我看到有顆漂亮的蛋掉在外面的房間，就走上前去摸，沒想到它竟然會孵化，然後就冒出這團黏糊糊的東西了！」

「這種事情妳應該早點講！」俞思晴忍不住對安抱怨。

它們出現後，武器ＡＩ全都不受控制地變回人形，就連道具也無法使用，可見這東西就是之前攻擊他們的安的分身。

「小鈴……」巴雷特的臉色依舊很糟，靠在俞思晴身上勉力支撐，「瞬移水晶應該還是能使用，快趁那些東西沒碰到你們的時候，趕緊把大家帶出去。」

俞思晴點點頭，要其他人抓好自己，勉強使用瞬移水晶將所有人帶離副本。

來到距離副本最近的城鎮入口，眾人看到外面的天空，全都鬆了口氣。

「我還以為我死定了！」歡迎光臨癱在地上，毫無形象可言，「那些到底是什麼奇怪的東西！」

「這件事情要趕快回報給GM。」花漾邊叫出系統邊抱怨：「這款遊戲才剛封測就這麼多BUG，公測後到底有沒有問題啊？」

「讓外部玩家進行封測的理由，不就是希望讓我們幫他們抓BUG嗎？」三分糖聳肩。

「可是，我們還是沒找到隱藏道具。嗚嗚，我好想讓我的羅貝索恩變得更強、更厲害。」安嘟著嘴，非常不滿意。

羅貝索恩不在乎這種事，直接躺在地上呼呼大睡。

想當然耳，結果就是被安狠踩一頓。

俞思晴也覺得可惜，但這情況和之前遇到肯特女神時很類似，讓她不得不提高警覺。

「小鈴……」巴雷特像是得了重感冒，靠在俞思晴的耳邊低語：「我不行了。」

巴雷特變回狙擊槍的模樣，倒在地上。俞思晴嚇了一跳。

「巴雷特！」俞思晴趕緊抱起狙擊槍，匆匆和花漾等人說：「我先帶他去武器ＡＩ店做檢查，下次有機會再一起打副本吧。」

說完，也不等花漾回答，立即用疾步離開。

花漾看著她匆忙離去，無奈扠腰，「小安找來的朋友真可靠，比起那個放我們鴿子的自由人士好多了。」

「幸好這回和我們去的人是小泡泡。」三分糖默默打開交友系統，將俞思晴加入好友名單，「就像她說的，下回有機會再找她玩。」

三分糖的態度顯然就是想追俞思晴，歡迎光臨忍不住朝他翻了個白眼。

「我要下線了。」歡迎光臨疲憊地說：「今天我已經玩夠了。」

「我也是。」花漾面露倦怠，「之後ＧＭ那邊如果有回報什麼，我再和你們說，今天大家就地解散吧。」

「小安。」三分糖回頭詢問還在對羅貝索恩施暴的安，「大家都要準備下線休息了，妳呢？」

安愣了下，腦海閃過那團黑色糨糊，身子忍不住一顫。

「我也要我也要。」

「那麼大家明天再聚。」

其他人紛紛下線。安叫出系統時，盯著俞思晴的名字，遲疑許久後才登出。

俞思晴帶著巴雷特到槍族專屬的醫院檢查，內心忐忑，深怕自己學到的輔助技能對巴雷特造成什麼負面影響。

照理來說，幻武使的輔助技能不會有如此嚴重的副作用，但那個招數取得的方式本就特殊，加上冷卻時間足足有二十四小時，俞思晴不得不考慮這個可能性。

等到手術房燈號熄滅，護士將巴雷特推出來，俞思晴趕緊跑上前。

「巴雷特，你不要緊吧？」

「啊……嗯。」巴雷特先是一愣，接著對她露出笑容，「醫生說，我只是太過勞累，需要休息，所以今天恐怕沒辦法繼續陪妳練等了。」

俞思晴搖搖頭，「沒關係，你沒事才是最重要的。」

她鬆了一口氣。如果只是身體上的疲累，那倒是不要緊。萬一有其他的問題，那她恐怕會後悔不已。

「我聽說有個地方的溫泉不錯，那裡有能讓幻武使快速恢復體力的溫泉，我現在就去預約。」俞思晴邊說邊叫出系統，很快訂下房間，「你在我下線這段時間，在那裡好好休息，直到身體恢復為止都不准離開。」

巴雷特苦笑道：「小鈴，妳這樣有點像我媽。」

「什、什麼啦！我才不是你媽！」俞思晴滿臉通紅地大聲反駁。

她的聲音太大，引來其他幻武使的注目。俞思晴趕緊摀著嘴，將巴雷特拖出醫院。

「小鈴真可愛。」巴雷特笑著說。

頂著那張把她迷得團團轉的帥氣臉蛋，用迷人的嗓音說她可愛，俞思晴的心臟怎麼受得了！

她趕緊別開視線，「總、總之，你記得去我說的地方休息，不要亂跑！」

「小鈴不和我一起去嗎？」巴雷特歪著頭問，「那裡是增進幻武使和武器AI之間關係的度假村吧。」

「你為什麼會知道？」

「因為我偷偷存錢，想要帶妳去玩。」

「偷……偷偷存我的錢？」

「不對，是我們一起賺的錢。」

巴雷特指著彼此，人畜無害的笑容令俞思晴想生氣也生不起來。

最後她只好垂頭喪氣地舉雙手投降。

「那個地方可以讓武器ＡＩ單獨入住，再說我不可能在線上待太久。連續上線超過四小時，系統就會強制讓玩家登出遊戲。」

這是遊戲中的安全措施，以免玩家過度沉溺，或是忘記自己身處於遊戲世界，並非現實世界。

若是被強制退出超過三次，玩家就會有一週時間無法登入遊戲。

雖然俞思晴距離登出時間還有將近一個小時，但她恐怕沒辦法承受和巴雷特的「溫泉之旅」，只好用下線這個說詞來讓自己全身而退。

可是，巴雷特可憐兮兮、像是棄狗般的模樣，還是讓她於心不忍。

「好啦好啦！」最終俞思晴還是鬥不過他，「……別再用這種眼神盯著我看，我去就是了。」

巴雷特立即露出開心的笑容。

俞思晴被他迷人的笑容緊緊抓住目光，身子一震，臉頰泛紅。

「可、可是！」她趕緊先做好退路，「我只有三十分鐘的時間，聽見沒？」

「好。」巴雷特開心地牽起她的手，完全不像是體力透支的模樣，「不論是三十分鐘還是三十秒，只要能讓小鈴多留在我身旁幾秒鐘的時間，我就心滿意足了。」

俞思晴張著嘴，被這番甜言蜜語搞得暈頭轉向。

第六章　度假小風波（上）

Sniper of Aogelasi

「您好，歡迎來到里德約度假村。」店門口的小姐非常親切地迎接俞思晴和巴雷特。

來到度假村的幻武使和NPC，看起來都相當輕鬆快樂，巴雷特自然也是如此，唯獨俞思晴不同。

「我、我是有預約的泡泡鈴……」俞思晴說話時不但口吃又顫抖，負責接待她的小姐也跟著緊張起來。

「好的，請隨我來。預約住宿的客人由這邊登記入住。」

俞思晴全身僵硬地跟著小姐去登記。初次來到此處的巴雷特卻像個孩子，對什麼都充滿好奇。

「這裡好漂亮，我第一次來，以前都只是聽其他同伴說而已。」

巴雷特看起來非常開心，臉色也好了很多，和之前病懨懨的樣子完全相反。

俞思晴見他這麼興奮，心想帶他來這裡果然是正確的決定，只是她仍然相當緊張。

「這是您的房卡，請和您的武器AI友好地享受假期。」

辦理完入住手續的俞思晴，回到巴雷特身邊。

巴雷特還在研究這裡的觀光地圖，認真的表情讓俞思晴覺得有些可愛，忍不住笑出來。

「妳看起來很開心。」見到她的笑容，巴雷特也回以微笑，「這樣我就放心了。」

「什、什麼啊。」俞思晴紅著臉，「我是為了你才帶你來度假村呢。」

「小鈴想先從哪裡開始逛？」巴雷特無視她的抗議，直接把地圖攤開來往她面前塞。

俞思晴緊抿雙唇，隨意地在地圖上尋找。

這個度假村不但有購物商場、溫泉與小木屋住宿區，還有遊樂設施、文藝中心、海生館等，應有盡有。

俞思晴被地圖上的設施抓住目光，難得認真地研究。

以往的實境網遊，並沒有這麼「現代」的設計。此處比想像中更加貼近現實，打從進入傳送點開始，畫風就和外面的地圖完全相反。

看來傳聞沒錯……俞思晴思忖著。

《幻武神話》封測前就傳出不少八卦，除了武器ＡＩ的設定之外，還標榜與其他實境網遊完全不同的玩法和獨特地圖。

「居然有武器ＡＩ專屬的購物區域，而且禁止幻武使進入？看起來挺有趣的，巴雷特，你要去看看嗎？」

「等小鈴下線後我再去。現在我想趁小鈴在的時候一起逛。」

巴雷特滿臉期待，讓俞思晴無法拒絕。

最終她只能放棄掙扎，搔著頭髮，「唉……好吧，這個度假村的設施和我的世界相似度很高，你應該都沒見過。」

巴雷特點點頭，「奧格拉斯沒有這樣的設備和建築。」

「那麼，我們先從海生館開始逛起。」俞思晴看看系統時間，「剩下的時間要玩遊樂設施可能有點困難，等我明天上線後再帶你去玩。」

「只要小鈴陪我，不管去哪裡我都沒有問題。」

「你啊……別老是順著我。」

「我只是想看到小鈴的笑容。」巴雷特眨眨眼，困惑地問：「這樣不對？」

用那張帥氣的臉做出無辜的表情，根本是犯規啊！

俞思晴用手摀著自己的臉，遮起燥熱的臉頰，但燒紅的耳根還是暴露了她的害羞心情。

偷偷從指縫看著巴雷特，發現他笑得比剛才還要開心。

「小鈴好可愛。」

「別、別調戲你的幻武使！我可是你的主人！」俞思晴鼓著臉頰，氣呼呼地掉頭走人，「快跟上！我可不說第二次。」

「是，主人。」巴雷特走上前，順勢牽住她的手。

俞思晴抖了一下身體，呆呆傻傻抬起頭看著他。巴雷特忍不住低頭親吻她的額頭。

彷彿一陣電流竄入身體，俞思晴害羞到說不出話來。

得逞的巴雷特則心滿意足地看著地圖，拉著她往「海生館」走。

早該猜到，遊戲世界中的「海生館」絕對不會有普通的海洋動物……看著水族箱裡游來游去的怪，俞思晴低頭看了一眼導覽手冊。

「啊！小鈴，那隻怪我們昨天遇過，奧格拉斯也有，烤來吃很美味。」

與內心百感交集的俞思晴不同，巴雷特倒是顯得很開心。

「我還想著能在這裡看到藍鯨或燈籠魚。」俞思晴嘆口氣。但既然巴雷特那麼開心，那這趟還是值了。

「小鈴，那隻怪好漂亮。」巴雷特著迷地盯著水族箱。

俞思晴抬頭看著那隻體積巨大如殺人鯨的魚類生物，忍不住懷疑巴雷特的審美觀。

「我看看……水蓮君，生長在清澈的水質中，個性膽小，無法和其他生物共同生存。」俞思晴念出手冊上的說明文字。

「怪不得牠的水族箱是獨立的。」巴雷特研究著，「玻璃似乎也是特製的，看不見外面。」

「獨自生活……不會感到孤單嗎？」看著在水族箱裡游來游去的水蓮君，俞思晴下意識脫口而出。

巴雷特不由得垂下眼簾，輕撫玻璃箱。

「……嗯，真的……有點可憐。」

來到這裡後心情一直高昂的巴雷特，突然擺出落寞的表情，俞思晴不由一愣。

當她正想開口詢問時，巴雷特恢復原先爽朗笑容，問道：「接下來要去哪裡玩？」

隱約感覺到巴雷特並不希望她追問，俞思晴只好把問題嚥下肚。

「海生館就逛到這裡吧，照這樣子來看，動物園裡八成也都是遊戲的怪。」她嘟起嘴，很不是滋味，「在遊戲裡已經看得夠多了，我可不想在這裡面對那些怪。」

「小鈴，在這裡牠們只是普通的動物，不可以攻擊牠們哦。」

「我當然知道。」

巴雷特嘻嘻笑著，看起來很開心。

見他臉色好轉，俞思晴的心情也愉快了起來。

兩人打算離開海生館時，突然聽見大型水族箱前傳來爭執聲。

「喂，你在幹嘛？」

「什麼幹嘛，打怪啊。」

「這裡的怪是觀賞用，要是在這邊使用攻擊技能，會被ＧＭ盯上的！」

「反正牠們會自動重生，有什麼關係？」

「不是這個問題……啊！」

那名男性玩家的同伴拉不住他，被用力推倒在地。

兩人的爭執引來不少玩家的注目，大家都對男性玩家想要攻擊水族箱的事情議論紛紛。

「哪來的中二？這裡可是讓武器ＡＩ修養的地方，居然還動粗。」

「已經通知ＧＭ了，這種玩家應該立即趕出封測。」

男性玩家見自己遭眾人譴責，不由惱羞成怒。

他握住自己的武器ＡＩ，叫囂道，「你們吵什麼吵！本大爺可是榜上前二十名的玩家，等你們贏過我再來說嘴！」

其他人立即安靜下來。

就算對方的個性糟糕到極點，他們還是不敢與排行較前面的玩家為敵。

俞思晴皺眉，不爽地從人群走出來，雙手抱胸。

「公開名次威脅其他玩家，就表示你根本是個腦袋空空的傻蛋。就算排名前二十又怎樣？等你擠上前三名再來吵！」

見俞思晴膽大包天，男性玩家一臉猥瑣地笑著。

「妳說這些道理想做什麼？逞英雄？」他擺出架式，向俞思晴發送ＰＫ邀請，

「有種就來單挑，妳要是打得贏我，我就二話不說乖乖離開這裡。」

「乖乖離開這裡？」俞思晴按下ＰＫ邀請，勾起嘴角，「我要你離開這個遊戲，別再讓我遇到你。」

說完，她拿出副手武器的短刀，一個箭步衝上前。

男性玩家一愣，趕緊抽出長斧擋住她的刀刃。

說也奇怪，俞思晴使用的是副手武器，而他使用的是武器ＡＩ，但是力量卻不相上下。

第一波交戰勢均力敵，雙方很有默契地同時退開。其他玩家屏息觀戰。

「好樣的……妳叫泡泡鈴？」

男性玩家看著俞思晴的遊戲暱稱，牢牢地記下她的名字。

「火鍋蓋，排名十五。據說是個卑鄙的傢伙，靠ＰＫ數字爬上排行榜。」

對方勾起嘴角，「哦？原來妳認識我。」

「能不認識嗎？我們公會有不少人都被你ＰＫ掉。」

俞思晴雖然沒有參與公會活動，但還是會注意公會頻道。當時就聽說不少成員說被一個叫做火鍋蓋的玩家找麻煩，耀光精靈也特別提醒大家不要和這個人接觸，更不要接受他的ＰＫ邀請。

火鍋蓋擅長用作弊手段來削弱對方的血量，最後再給予一擊，拿下ＰＫ勝利。

俞思晴知道耀光精靈私下在找這名玩家，想替公會成員報仇。今天既然被她遇上，說什麼也不能放過。

「既然妳聽過我，應該知道我的實力。」火鍋蓋露出邪笑，「難道妳不怕我？」

「你不是說，排名沒你高的人，沒資格說你？」俞思晴以不屑的目光，冷眼看他，「不好意思，本小姐排名十三，碰巧就是有資格。」

火鍋蓋聽了後，非但沒有感到驚訝，反而露出竊喜的表情。

俞思晴雞皮疙瘩掉滿地，直覺他在打壞主意。

「排名十三嗎？那表示和我的程度沒差多少嘛。只要打贏比自己排名高的玩家，就能直接上升到那個等級——這件事妳知道嗎？」

「知道。」

俞思晴不是笨蛋，自然很清楚流程。

首週排行榜公開後，必須打贏排名比自己前面的玩家，才有辦法晉升。相對的，輸的那方則會退到勝者原本的名次。

火鍋蓋笑得更開心了，伸出舌頭，貪婪地舔著嘴唇，「雖然只是往上爬兩個排名，但不無小補，妳說是吧？」

不等俞思晴回答，火鍋蓋狂妄地揮動長柄斧，衝上前。

俞思晴的職業屬於遠攻型，近戰並不適合她，剛才那擊已是她的全力，原本想讓火鍋蓋知難而退，沒想到對方不為所動。

不過，想到他為了名次而做的狡詐事情，俞思晴也不想退讓。

她咬著牙，以副手武器和他對抗。

「小……小鈴！」巴雷特站在後方，憂心忡忡地看著俞思晴的戰鬥。

俞思晴竟然選用副手武器和玩家ＰＫ，而不是讓身為武器ＡＩ的他加入戰鬥，難道是在意他的身體狀況？

思及此，巴雷特自責不已。

「不要吵，巴雷特。」俞思晴退到他的身旁，低聲道：「等我給你暗號。」

說完她再次衝上前，從懷裡灑出某種粉末。

火鍋蓋連忙摀著口鼻往後退，就這樣和俞思晴拉開距離。

「巴雷特！就是現在！」

俞思晴一聲呼喊，巴雷特立即化為狙擊槍，躺入她的懷中。

她蹲低身體，將槍口對準火鍋蓋。

「重型砲擊！」

白色光束從槍口射出，穿過漫天的粉末，直朝火鍋蓋而去！

火鍋蓋瞪大雙眼，眼看已經來不及撤退，只能迎面接下這記攻擊。

身旁的玩家大聲叫好，唯獨那名被推倒在地的玩家張大嘴，好半晌說不出話來。

「啊……火、火先生……」

就在他擔心火鍋蓋是不是被送回重生點時，巨斧突然劃開煙霧，在空中飛旋著，直砍向俞思晴。

俞思晴連忙躍起閃避，沒想到全身衣服破爛的火鍋蓋倏地出現在身後，狠狠地將她打倒在地。

「嗚！」俞思晴撲倒在地，不停咳嗽，懷中的武器也掉落在一旁。

感覺殺氣再次逼近，俞思晴立即抬頭想撿起狙擊槍，槍身卻被火鍋蓋狠踩在腳下。

「你……為什麼……」

火鍋蓋用桀傲不遜的傲慢態度，笑道：「優秀的玩家，會將道具的功用發揮到極致。」他手裡拿著瞬移水晶，「雖然多少還是會受到傷害，但只要血條沒有歸零，就不算死。」

「居然在戰鬥中使用瞬移水晶，好彌補自己缺少的速度嗎……」

他抽起插在地面的長柄斧，對準俞思晴的鼻子，「不然依照設定，刃族的速度可是完全比不上槍族，這樣很麻煩。」

「呵，這樣嗎？」俞思晴冷笑，「不如我也教你一件事吧？自以為是的男人。」

「什麼？」火鍋蓋挑起眉毛，對俞思晴自信滿滿的笑容感到困惑。

「武器ＡＩ的戰鬥方法，可不是只有武器化。」

說完，原本被火鍋蓋踩在腳下的狙擊槍突然幻化為人，抓住他的腳不放。

火鍋蓋嚇了一跳，沒想到俞思晴竟然會在ＰＫ賽中讓武器ＡＩ變回人形，一時來不及反應。

俞思晴趁機起身，從道具欄中拿出一條紅通通的食材，塞進火鍋蓋的嘴裡。

她把火鍋蓋的下巴往上推，不讓他把東西吐出來。

俞思晴露出狡詐的表情，暗自竊笑：「這可是食材道具中最辣的帝王辣椒，吃過的人絕對都會臣服在它的辣度之下。」

不出所料，火鍋蓋開始冒汗，臉頰紅得像是要噴火。

「唔嗯嗯嗯！」

「別亂動。」她將一條線套上火鍋蓋的武器AI，「你的武器AI不可能變回人形幫助你，那條線能限制武器AI的型態，我看看哦——至少十分鐘的時間。」

她又偷笑：「但我想你大概連一分鐘都撐不下去吧。」

「唔嗯嗯嗯！唔嗯！」

「嗯？你在說什麼？我聽不清楚。」

「唔嗯！嗯嗯！」

「什麼？要投降嗎？嗯——該怎麼辦才好？」

「唔嗯嗯！唔嗯！」

眼看火鍋蓋被俞思晴玩弄得毫無招架之力，圍觀的玩家笑得合不攏嘴。

在一片笑聲中，火鍋蓋的同伴也忍不住「噗嗤」笑出來。

「唔嗯！」火鍋蓋不知道是氣得火冒三丈，還是說被辣椒辣到面紅耳赤。

見時間差不多，俞思晴便對他說：「你想多熬十分鐘我是無所謂，但我記得ＰＫ賽是有時間限制的。我只要多捅你幾刀，讓你的血量比我低，如此一來，時間到的時候，系統自然會判我勝利。」

她眼露厲光，只讓火鍋蓋看見，「或者，你自動退出，這樣就能早點解脫，如何？」

火鍋蓋臉色鐵青，沒想到自己竟然被俞思晴逼到這種地步。

「唔嗯……」

他「咻」一聲消失在俞思晴的面前。

系統顯示ＰＫ賽結束，勝者為泡泡鈴。

跑馬燈公告於世界頻道，所有人都看得見，讓俞思晴相當滿意。

一旁的玩家看完鬧劇紛紛離開。和火鍋蓋同行的玩家則是不見蹤影。

「巴雷特，沒事吧？」俞思晴伸手將他拉起來，「抱歉，明明是帶你來放鬆的，結果還是把你扯進麻煩事裡。」

「只要小鈴開心就好，不必顧慮我。我是小鈴的武器ＡＩ，只要小鈴願意使用我，我就心滿意足了。」

巴雷特很高興自己能幫上忙，反省自己竟然有一瞬間以為俞思晴不需要他。

「再說，小鈴心地善良，路見不平拔刀相助，我很喜歡。」

俞思晴聽到他說「喜歡」兩個字，頓時面紅耳赤，腦袋一片混亂，「你你你、你說什麼喜、喜歡的……」

正當俞思晴害羞得無法自拔時，一名穿著浴衣的金髮女孩突然撲過來，從後面抱住她。

「哇啊！小泡泡——」

俞思晴整個人被撲倒在地。

巴雷特嚇了一跳，看清楚趴在俞思晴身上磨蹭的人是誰之後，訝異地說：「會長？」

「嘿嘿嘿。」耀光精靈環住俞思晴的脖子，朝巴雷特眨眼，「巴雷特也是，好久不見，沒想到會在這裡遇見你們。」

「唔……會長……要窒息了……」俞思晴臉色鐵青，拍著地板吸引耀光精靈的注意。

「哎呀，抱歉抱歉。」耀光精靈趕緊鬆開手，把傲人的雙峰從俞思晴的後頸挪開。

俞思晴被巴雷特從地上拉起，嘴角抽搐，語氣中隱藏著微微怒火，「會長，別突然用妳的『凶器』攻擊人好不好？我真的會被妳嚇死。」

「不用羨慕，妳的也不小啊。」耀光精靈搗嘴偷笑，順手戳了一下她的胸部。

俞思晴嚇得寒毛直豎，連忙護住自己的胸部。正當她想反駁的時候，巴雷特忽然走上前，刻意擋在俞思晴的面前。

「巴雷特？」

巴雷特笑容滿面地對耀光精靈開口：「會長大人，請不要騷擾我的幻武使。就算妳是女孩子，我也會生氣的。」

耀光精靈只能尷尬地苦笑，「好、好啦，我不會再騷擾小泡泡了。」

聽到對方答應，巴雷特這才退到一旁。

耀光精靈忍不住用私訊頻道向俞思晴問道：『我說……妳的武器AI會不會對妳保護過度了？』

俞思晴也覺得很奇怪，卻又忍不住因為巴雷特的行為而竊喜。

『巴雷特就是這樣。再說，這遊戲本來就把武器AI設定得很有個性，我的武器AI只是比較黏幻武使罷了。』俞思晴用私訊回覆，這話她可不敢在巴雷特的面前說，免得巴雷特又誤會什麼。

這一席違心之論，不僅想說服耀光精靈，也是想說服自己。

『說的也是。』耀光精靈果斷接受這個說法。

說完悄悄話，耀光精靈關掉私訊頻道，讚美俞思晴，「我看到妳把那個棘手的玩家打倒的消息了，妳真厲害。」

「原來是這件事情把妳吸引過來。」俞思晴總算明白，為什麼耀光精靈能馬上找到她。

「其實也是因為我正好在這邊度假啦。」耀光精靈在她面前轉了一圈，「妳看，這件浴衣可愛吧？」

「很可愛……」

耀光精靈的長相甜美可愛，穿起浴衣來更引人注目。

「這邊也有幻武使專屬的服飾店，等等我帶妳去逛。」耀光精靈看起來似乎很想替俞思晴打扮，興致高昂，「巴雷特也想看小泡泡打扮後的可愛模樣吧？」

俞思晴嚇得面紅耳赤，小心翼翼地看向巴雷特，赫然發現他正盯著自己看。她的心臟像是快要爆炸般，連呼吸都變得困難許多。

「嗯。」巴雷特笑著對俞思晴說：「我想看。」

雖然這回答早在俞思晴的預料之中，但是親耳聽見還是讓她十分害臊。

看著這對搭檔的可愛互動，耀光精靈滿意地雙手扠腰，接著說出主要目的。

「進入正題，我來這裡找妳，其實是有原因的。」

聽耀光精靈的口氣相當認真，俞思晴也不敢怠慢，正色問道：「原因？什麼原因？」

「和妳PK的那個玩家，是很棘手的幻武使，包含我在內，許多公會會長都在找他。」

「……我知道。」俞思晴就是想為自己的公會成員出口氣，才會出手的，「要不是因為這樣，我也不會下重手。」

「妳果然有在關注公會頻道。」耀光精靈燦笑道：「妳是在替我們公會的人出氣，對吧？」

「呃，也算不上……只是他的作風讓我看不順眼。」沒想到竟然會被耀光精靈看出來，俞思晴反而不好意思承認。

「哎呀，小泡泡別害臊，我可是很感謝妳的喔。」耀光精靈用食指輕點自己的柔軟唇瓣，嘴角勾起撩人的弧度，「妳看似不合群，實際上很為公會成員著想，我很慶幸妳是我們公會的幻武使。」

俞思晴因為害羞而抿唇不語。

「不過，妳教訓了那傢伙一頓，之後恐怕會有更多人記住妳的名字，要小心點。」

耀光精靈話中有話，讓俞思晴變了臉。

她察覺到耀光精靈知道了什麼，卻沒坦白告訴她。

或許這樣的提醒對耀光精靈來說，已經是最大的努力了吧。

「我會注意的。」

耀光精靈點點頭，接著挽住她的手臂，「那麼我們就去服飾店逛逛吧！巴雷特，你也過來幫你的幻武使挑衣服，小泡泡會很高興的。」

「好的。」巴雷特微笑點頭。

俞思晴慌忙轉頭看著兩人，「你、你們別擅自做決——哇！會長大人！」

失去反駁機會的俞思晴，就這樣被耀光精靈強行拉走。

俞思晴覺得自己彷彿是耀光精靈的芭比娃娃，不停地換裝、不停地進出更衣室。

「小泡泡不管怎麼打扮都好可愛！」耀光精靈眼神閃閃發光，十分滿意地看著自己的「作品」。

俞思晴換上一套粉色山茶花浴衣，長髮用髮簪盤起，露出白皙纖細的後頸。

「怎麼樣，巴雷特？這件好看嗎？」耀光精靈把俞思晴推到巴雷特面前，興沖沖地展示自己的成果。

俞思晴不好意思地低著頭，連巴雷特的臉都不敢看。

但是等了許久，都沒聽見巴雷特的回答，她忍不住好奇地抬起頭。

「巴雷特？」

當她的眼神對上那雙紫色眼眸的瞬間，巴雷特如夢初醒，身體一震，隨即露出平時的微笑：「很……很可愛。」

被他當面讚美，俞思晴的臉變得更紅，心裡開心不已。

「那麼接下來就換巴雷特了！」說完，耀光精靈不等兩人回神，就將巴雷特拉進更衣室。

俞思晴愣在原地。看樣子耀光精靈真的很喜歡替人打扮，居然連武器ＡＩ都不放過。

正當她考慮是不是要先到其他地方走走的時候，突然有人氣喘吁吁地衝進店裡，直逼她而來。

「找、找到妳了……」

對方鼻青眼腫，衣衫破爛，顯然被人圍毆過。

一見到這個人，俞思晴的心情馬上就盪到谷底，不爽地說：「我不是說過，打輸我就別出現在我面前？」

「妳這傢伙別太囂張！也不想想我是因為誰淪落到現在的模樣！」火鍋蓋氣急敗壞地指著她大罵：「一堆人在重生點埋伏我，我好不容易才從那些傢伙手上逃走！都是妳害的！」

「不就是被你害過的人回來報仇？沒什麼吧。」

「問題可大了！這樣我怎麼玩遊戲？」

「你別再用ＰＫ賽來刷仇恨值不就好了？」

「什麼！這可是我玩實境網遊的樂趣……等等，妳在做什麼？」

火鍋蓋看到俞思晴打開系統，心頓時冷了一半。

世界頻道傳來消息：**玩家火鍋蓋目前在里德約度假村購物商場三樓的浴衣服飾店，歡迎各路好手挑戰。**

看到這條訊息，火鍋蓋的臉都綠了，氣急敗壞地朝俞思晴瞪過去。

俞思晴邪笑道：「還不快逃？」

縱然心中有千百萬個不爽，但為了自身安全，火鍋蓋還是決定用瞬移水晶走為上策，消失在俞思晴的面前。

俞思晴鬆口氣，「總算肯離開了。」

同時，她也想起耀光精靈的提醒。

這就是會長好意提醒，要她小心的事情吧……

這點小事她還應付得來，就怕之後會有更大的麻煩找上門。

她往更衣室的方向看了一眼，思考半晌，起身離開。

第七章　度假小風波（下）

Sniper of Aogelasi

俞思晴來到外面的時候，天色已轉為漆黑，掛著燈籠的夜市攤販開張，看起來格外熱鬧。

遊戲世界的時間流速和現實差不多。原本她玩遊戲的時間都在白天，所以這是她第一次看到遊戲世界的「夜景」。

「好漂亮……看來之後還是得找幾天，挑晚上的時間上線。」

入夜後，怪的出沒率會大幅度減少，相對地也會有夜晚限定的怪出現，不過對遊戲內容沒有什麼影響。

不過，這只限定在封測時期。據遊戲公司透露的情報，封測的夜晚設定有所保留，公測時才能再帶給封測玩家更大的驚喜。

自然而然，封測這段期間的夜晚，就成為玩家的聚會時間，耀光精靈也把公會的聚會時間設定在晚上七點。

「說起來，會長應該會在七點前離開吧？」俞思晴自言自語，單獨走在夜市中，嘴裡吃著剛買來的雞蛋糕。

想著之後就能讓巴雷特好好休息的時候，她無意間在人群中看到熟悉的身影。

「銀？」

銀聽到有人叫他的聲音，轉過頭來，與俞思晴對上眼。

「啊，泡泡鈴！」銀見到她，很是意外，「真稀奇，妳居然會待到晚上。」

「……咦？」俞思晴愣住。

銀趕緊解釋：「啊！不、不是，因為妳總是沒來聚會，每次查看妳的狀態都顯示離線，所以我才……」

他不敢坦白說自己在追蹤俞思晴的狀態，要是被她知道，肯定會被當成變態或跟蹤狂。

雖然耀光精靈已經把他當成病入膏肓、無可救藥的人看待了。

「這次是例外。」俞思晴並沒有起疑，反而有些在意他身旁的女孩，「你和朋友也是來這裡度假嗎？我還以為你總是跟會長在一起。」

銀和耀光精靈的互動，就像是朋友之上、戀人未滿。可是銀帶著的女孩，卻讓她覺得自己似乎誤會了兩人的關係。

「抱歉，我介紹一下。這位是鈴音小姐，這位是我們公會的成員，泡泡鈴。」

鈴音有些害臊地向俞思晴點頭，「妳……妳好。」

她柔弱的態度，讓俞思晴覺得好可愛。

銀接著說：「我是和她在這裡巧遇的，但之前確實是和耀光一起來。只是耀光想逛購物中心，我想去其他地方看看，所以就分開行動。」

「什麼叫做『分開行動』，明明是你丟下我。」耀光精靈不知道從哪裡冒出來，簡直就像是幽靈。

「耀、耀光！」

「啊，耀光小姐。」鈴音很有禮貌地向她打招呼。

耀光精靈雙手扠腰，朝鈴音冷冷掃了一眼，接著拉住俞思晴的手臂。

「小泡泡，我們別當這兩人的電燈泡，走走走，去旁邊逛。」

聽得出來耀光精靈報復意味濃厚，銀慌忙地叫住她：「耀光！別亂說！」

耀光精靈吐吐舌頭，調皮地說：「誰叫你見色忘友，活該。」

說完她就拉著俞思晴，開開心心地跑走。

銀看著耀光精靈的背影，不知道該如何是好，只能尷尬地朝鈴音苦笑。

「抱歉，鈴音小姐，耀光她不是有意這樣說的。」

鈴音搖搖頭，「不，沒關係。倒是銀先生，你還是趕快回耀光小姐身邊吧。」

「……咦？可是我們不是說好，要一起逛夜市？」

「沒關係，我的朋友很快就到。」

鈴音甜美可愛的笑容，讓銀無法拒絕，他只好垂頭喪氣地說：「那麼好吧……我就不打擾了。」

鈴音揮手道別，銀沮喪地離去。

「嗚嗚……鈴音小姐……」他小聲低咕，「那個臭耀光，不是說要幫我的嗎！」想起耀光精靈，銀不由得來氣。

無處可發洩的他，只好用力踏著步伐離開，但走沒幾步旋即轉身，悄悄地尾隨鈴音。

「你這傢伙，是不是真打算轉職成變態？」耀光精靈又冒出來，毫不客氣地朝他的屁股狠狠踹下去。

「痛！」銀撲倒在地。

帥哥美女不顧形象地吵架，引來不少注目。

「妳做什麼啦！」銀站起身來，本想抱怨耀光精靈，卻看到俞思晴和巴雷特正站在旁邊盯著他看。

銀不想在俞思晴面前曝露本性，連忙苦笑改口：「呃……妳穿浴衣的樣子真可愛。」

「剛剛不就已經見過了嗎？」俞思晴瞪著他。

明明巴雷特穿浴衣的模樣帥氣萬分，但眼前發生的事情太讓人震驚，害她根本無心去欣賞。

「該不該向遊戲公司建議，增加一個叫做『變態』的職業，讓銀轉職呢？」

眼看自己的形象完全崩壞，銀簡直欲哭無淚。

「不、不是這樣的，請聽我解釋……」銀垂頭喪氣，看起來真的很沮喪。

耀光精靈雙手抱胸，冷哼道：「哼！小泡泡別理他，妳差一點也變成目標了。」

聽到這句話，巴雷特可沒辦法繼續沉默，黑著臉走上前。

「會長大人，這是什麼意思？」

巴雷特的表情陰沉到極點，耀光精靈打了個冷顫。

「呃，不，巴雷特你別認真，我開玩笑的。」

「抱歉，我沒辦法當作沒聽到。」巴雷特皺緊眉頭，「我絕對不會讓我的幻武使和會危害她的人待在一起。」

他拉住俞思晴的手，表明自己的想法。

俞思晴心跳得飛快，但她沒打算因為這點事情和兩人交惡。

「巴雷特，沒這麼嚴重。」她安撫巴雷特，對耀光精靈說：「不過我確實很好奇，銀的行動有點古怪。」

耀光精靈和銀面面相覷。照這情況，應該是瞞不下去了。

「算了，沒關係。」銀拍掉身上的塵土：「反正我已經確定是誰，再加上妳是我和耀光的伙伴，我不想瞞著妳。」

耀光精靈看銀打算攤牌，也不想阻止。

「其實，我玩這款遊戲，有另外一個理由。」銀解釋，「妳聽說過擁有『鈴』這個名字的排行榜紅人嗎？」

「……咦？」俞思晴愣了一下。

銀接著說：「我在找這個玩家，不過線索很少，但我聽說她會玩這款遊戲的封測，所以才拉著耀光陪我。」

「等等等。」俞思晴伸出手阻止他繼續說下去，「你說你在找的人，名字裡面有個『鈴』？是排行榜紅人？」

銀點點頭，「當初我就是因為這個原因才接近妳的……對不起。」

這下子俞思晴總算知道，為什麼銀會對初次見面的她如此熱情。

但是……

「我能問你找她做什麼嗎？」

銀愣了下，有點不好意思地紅起臉，「那個，我對她一見鍾情，所以怎麼樣都想再見她一面，可是我遇到她的那款遊戲，她已經不玩了。」

「小泡泡妳別擔心，銀的目標不是妳。」耀光精靈在旁邊補充：「那個玩家每次至少都排名前五，所以銀非常確定他要找的人，就是剛才妳見到的那個女孩子。」

「那個女孩？」俞思晴訝異地眨眼，「怪不得……我就覺得她的名字有點熟悉。」

還真看不出來，那樣的女孩子，居然是整個封測遊戲排名前十的玩家。

不過，從剛才的形容聽起來，銀在找的女孩子，好像是她？

但她沒打算戳破這點，反而鬆了口氣。

銀的執著確實會讓她頭痛，幸好這次因為肯特女神的事情，讓她沒有擠進前十，不然就尷尬了。

「希望妳不要因為這件事而討厭我。」銀苦笑著，「我知道我這樣很愚蠢，但我沒辦法抑止想要再見她一面的心情。」

俞思晴不由得愣住，暗自朝巴雷特的方向看了一眼。

「嗯……我明白的。」她嘆口氣，現在的她很能明白銀的心情，「當時在排行榜前遇到你的時候，你匆忙離開的原因，也是那個女孩？」

銀點點頭，「我一直很期待排行結果，因為那是我確認她身分的唯一機會。」

「現在你如願見到她了，之後呢？」

「之後？」銀害臊地搔著頭髮，含糊不清地說著：「要是坦白告訴她，她肯定會被我嚇跑，所以我想慢慢接近她，從朋友開始做起。」

雖然不糾正銀的錯誤好像不妥，但她實在沒有勇氣說出事實。

沒想到世上竟然有這麼巧的事情，銀要找的人正好就在他眼前，只是他不知道而已。

虛擬世界就是如此脆弱。

人們以遊戲的樣貌和人相處，但在遊戲世界裡所發生的事情，全部都是虛假的。

銀對之前的自己一見鍾情，卻還是喜歡上不同的玩家。

現實並不像像少女漫畫，充滿著巧合與運氣。想到這，俞思晴不由得替銀感到悲哀。

也再一次認清了這個世界並非真實世界。

「小鈴？」見俞思晴有些恍神，巴雷特有些擔心地輕喚她的名字。

俞思晴猛然回神，抬頭看著巴雷特，露出笑容。

「沒事，只是有點累了。」她打開系統，估算著自己的下線時間，「會長大人、銀，抱歉……我還得陪巴雷特，先走一步。」

耀光精靈注意到她的精神不太好，「抱歉拉著妳到處跑，銀的事情麻煩妳保密，別跟其他成員說。」

俞思晴點頭答應，「沒問題，這是私事，我不會亂說的。」

「謝謝……」銀內疚地對她說：「等後天網聚的時候，我再請客。」

「咦？」俞思晴愣了下，「什麼網聚？」

「妳還沒聽說嗎？」耀光訝異地打開系統，叫出一份公告，「攻城戰的時間已經出來了，就在這週六下午三點。我們公會打算後天出來網聚，討論攻城戰的攻略方式。」

俞思晴看到系統公告顯示的時間，碰巧是她和安等人打迷宮副本時。想起那個令人頭痛不已的副本，難怪她會錯過這麼重要的訊息。

「抱歉，我沒注意到。」她刷了一下公會布告欄，確實看到耀光精靈發出的資訊，「後天的網聚我會去的。」

「我們等妳哦！」耀光精靈開心地抱住她，「好期待在現實和妳見面。」

「我、我知道了！會長妳別這樣——」俞思晴再次被她的胸部壓制，好不容易才掙脫出來。

喘口氣，俞思晴和耀光精靈及銀告別，和巴雷特往溫泉區的方向走過去。

「網聚啊，感覺很有趣。」巴雷特為俞思晴感到高興，卻也有些寂寞，「可惜我沒有辦法陪妳一起去。」

俞思晴一愣。

也許是錯覺，也許是她自作多情……說著這句話的巴雷特，眼神似乎閃過一絲妒意。

這一瞬間，讓她把現實和虛構什麼全都拋到腦後去。

「要是你去的話，會引發暴動吧。」她笑著說。

「暴動？為什麼？」

「因為你的臉上寫著『帥哥』兩個字啊。」

「帥哥？」巴雷特愣了下，摸摸自己的臉頰，「我這樣……很帥嗎？」

「帥哥都是屬於不自覺的類型。」他的問題實在可愛到不行，俞思晴笑得更開心。

巴雷特彎下身，靠近俞思晴的臉。

「所以，小鈴也覺得我很帥？」

巴雷特的臉突然逼近，俞思晴嚇了一跳，下意識往後退，卻不小心踩空。

「哇！」

「小鈴！小心！」

巴雷特連忙伸手攬住俞思晴的腰，將她拉入懷中。

俞思晴整個人趴在他的身上，心臟狂跳不止。

巴雷特先帶著俞思晴到旁邊的樹下休息，以免她又再跌倒。

「真危險……妳沒事吧？小鈴。」他低頭詢問懷裡的俞思晴，卻發現她面紅耳赤、張著嘴說不出話來。

俞思晴根本不敢對上巴雷特的視線。

要是現在抬頭，肯定會被巴雷特發現她很不對勁。

「我、我沒事……謝謝你。」俞思晴用著沙啞的聲音回答。

雖然俞思晴嘴巴上這麼說，但巴雷特卻還是無法放心，硬是捧起她的臉頰，逼她抬頭。

「沒事的話，就看著我的臉回……」巴雷特話說到一半，整個人愣住。

只見俞思晴眼睫微微地顫抖，緊抿著雙唇，彷彿快要哭出來般地縮在自己的懷裡，與以往她練等、解任務的自信模樣，完全相反。

這瞬間，巴雷特呼吸一窒，覺得自己的心臟似乎被人用力打了一拳。

等他意識到的時候，已經不由自主地將自己的唇覆蓋上去。

俞思晴顫抖了一下身體，但是沒有拒絕。

兩人就這樣在離夜市不遠處的樹蔭下，忘我地擁吻。

這瞬間，沒有現實和虛幻的距離，也沒有幻武使與武器ＡＩ之間的差異，他們只是單純地被對方所吸引。

突然，系統傳來嗶嗶聲響，嚇得俞思晴連忙和巴雷特分開。

她匆忙叫出系統，看著警示語。

「啊……只剩十分鐘了。」

巴雷特微笑：「那麼，小鈴就早點下線休息吧，我會自己回房間泡溫泉的。」

俞思晴根本不敢抬頭看他的臉，只是默默點頭。

接著她感覺到巴雷特親吻她的頭頂。溫暖的觸感，根本不像是只存在於遊戲世界中的程式。

她有些恍惚，因為巴雷特的溫柔而無法自拔。

俞思晴遲遲不肯開口，巴雷特只好主動開口跟她約定，「明天見？」

他知道俞思晴每天都會上線，但他很怕明天開始會見不到她。

他們雖然是伙伴，卻是俞思晴動動手指就能夠解除的關係。

俞思晴點頭，「……嗯，明天見。」

說完她便逃也似地登出遊戲。

俞思晴拿下眼罩與耳機，鬆了口氣。

睜開眼，看著電腦螢幕上的《幻武神話》登入系統，想起巴雷特的吻。

她忍不住撫摸嘴唇，卻發現雙唇冰冷，早已失去那份觸感與溫暖。留下來的，只有無法冷靜的心跳，與泛紅的臉頰。

她甩甩頭，決定忘記這件事。

巴雷特只是武器ＡＩ，就算吻她也沒有什麼意義，反倒是為了一個吻而在意得不得了的她，就像個傻瓜。

她並非第一次接吻，但是和巴雷特雙唇交疊的瞬間，她卻像個情竇初開的少女，回想起來感到害臊無比。

「我真的，越來越不對勁了。」

看著《幻武神話》的系統，有那麼一瞬間，她起了想要刪除它的念頭。但想到登出前巴雷特說的那句「明天見」，又讓她無法狠下心。

她索性放棄思考，看著右下角出現 LINE 的通知畫面。

「會長？」她點開公會 LINE 群組，看到耀光精靈發的訊息。

「後天在中山站附近的咖啡店集合嗎？」

沒想到會約這麼文青的地方。其他成員的反應看起來倒是滿踴躍的。

她當初加入後並沒有留過言，不過就像公會頻道那樣，她都會習慣性地看過一輪。

習慣潛水者的她會答應網聚的邀約，是為了攻城戰。

這可是公會大事，她就算再不合群，也不會缺席。

「遊戲公司當初封測時，把伺服器分成北中南三個，該不會是為了方便玩家網聚吧？」她拄著臉頰，滑動網頁捲軸，「之前肯特女神的事件，還有這次不存在於遊戲資料中的陌生怪……總覺得事情有點棘手。」

她不喜歡做多餘猜測，但接連發生的事情讓俞思晴開始懷疑，《幻武神話》的製作公司是不是隱瞞著什麼。

她正打算上網調查這間公司的情報時，LINE的訊息提示聲響起。是安的通話請求。

她按下通話鍵，馬上聽見安提高分貝的嗓音。

「小鈴！好消息！」

「安，妳不要這麼大聲，有話好好說。」俞思晴覺得自己的耳膜差點破裂。

會讓安這麼激動的事情，肯定跟《幻武神話》脫離不了關係。

安嘻嘻笑著：「我跟妳說，花漾姐不是向ＧＭ回報闇黑迷宮副本的事情嗎？」

「嗯，我知道。」聽安的意思，似乎有後續，她也被勾起了興趣，「難道ＧＭ已經回覆了？」

「回覆了，ＧＭ說要把道具賠給我們！」

這下俞思晴終於明白為什麼安會如此興奮。原來她朝思暮想的珍貴道具，終於入袋了。

「那不是很好？」

「妳也有喔，ＧＭ說我們五個人都有。」

「……什麼？」俞思晴愣了下。

天底下真有這麼好康的事？若不是，就表示ＧＭ希望他們對這件事情保密。

「我想應該有交換條件吧。」

「ＧＭ希望我們別把遇到的事情說出去，不然就把我們踢出遊戲。」

這根本已經不是交換條件，而是威脅了。

糖果與鞭子並用，這遊戲的ＧＭ還真有一套。

俞思晴不是很高興，但如果不收下，恐怕會被遊戲公司盯上。

「我已經把道具寄給妳了，妳上線記得收。」

「妳動作還真快。」

「因為我是好朋友啊！」安開心地說著，「怎麼樣？要一起回奧格拉斯嗎？」

奧格拉斯是武器ＡＩ的故鄉。若要使用特殊道具增加武器ＡＩ的能力值，就必須回到那裡，找專門的鍛造師。

俞思晴想了下，「雖然都是回奧格拉斯，但是妳是刃族，我是槍族，到時還是得分開，不如各自去。」

「既然妳都這麼說了，那我就先走一步。」安的聲音聽起來充滿期待，「我已經和花漾姐約好一起回去。」

「既然早就跟人約好，就不用再約我啊。」

「我怕妳寂寞嘛！」

「什麼寂寞……我可沒這麼孤單！」

「好啦好啦！我要準備上線了，等我幫羅貝索恩提升能力之後，我們就來ＰＫ。」

「我可不記得有答應過這種事。」

「誰叫妳排名比我前面，嘿嘿。」

安說完任性的話之後，就掛上電話。

聽著耳邊傳來的嘟嘟聲響，俞思晴頭痛萬分地拿下耳機。

「封口費是幫武器ＡＩ提升能力值的道具嗎……」

越是懷疑遊戲公司，俞思晴就越沒辦法把心思放在遊戲上。

看來，她得找個時間，好好在遊戲世界裡做點調查。

反正聽到銀那樣說，她已經對爬榜失去興致了。

她嘆口氣，關上電腦，轉身走出房間。

俞思晴坐在約定好的咖啡廳內，點了杯拿鐵，悠閒地看著落地窗外的人群，小心翼翼注意公會成員的出現。

她穿著連身短裙，搭配短褲與涼鞋，看起來年輕而充滿活力，卻也不失氣質。

通常為了方便大家相認，網聚時都會要求與會者攜帶顯眼的標記物，但身為會長的耀光精靈卻完全沒提起這件事。

照理來說，身為會長的耀光精靈應該最早到，但是環顧四周，似乎沒有看到類似會長的人物。

少了中心人物，其他人要相認起來難免有些困難。總不能隨便找人家搭話，萬一被當成搭訕怎麼辦？

就在俞思晴看著時鐘，心想著聚會時間已經到了的時候，她的面前突然放下一塊蛋糕。

她嚇了一跳，抬頭看著身旁的女店員。

「呃……我沒有點這個。」

「我知道。」女店員笑得很開心，突然大聲對著店內宣布：「現在開始，《幻武神話》的遊戲公會——新傳說聯盟的網聚正式開始！」

店裡眾人都嚇了一跳。

「咦？什、什麼？這是怎麼回事？」

所有人你看我、我看你，沒人明白現在是什麼情況。

一名男子站起身，拍了拍手，「大家冷靜點，不用擔心，店內所有人都是新傳說聯盟的成員。」和大家解釋完，他便扠著腰，語氣略帶責備地對女店員說：「耀光，早跟妳說別出這種餿主意，所有人都被妳嚇傻了。」

女店員撩起長髮，嘻嘻笑道：「我們公會初次聚會，當然要來點不一樣的啊。」

「……真是拿妳沒辦法。」男子搖頭嘆氣，卻看到所有人都用詫異的目光盯著耀光精靈。

比遊戲中的角色還要漂亮的臉蛋，與那無可媲美的窈窕身材——怎麼樣也沒想到，會長竟然會是如此漂亮的美女。

俞思晴看著眼前散發出耀眼光芒的耀光精靈，眨了眨眼。

「啊……原來妳是會長。」

「妳是小泡泡吧？」耀光精靈回過頭，趴在桌上，逼近她的臉，「我一眼就認出來了喔！嘿嘿，我可是很會認人的。」

俞思晴下意識地往後縮起脖子。

耀光精靈轉身，一個個指著成員，唸出他們的名字。

「荷包蛋、煞氣、月下處男、麵包小帥哥……」

「媽啊，會長，妳怎麼看出來的？」

「會長妳這樣太犯規了！」

俞思晴旁觀著這有趣的畫面。

「當然是因為你們是我最重要的公會成員啊！而且，大家都和玩線上遊戲時，沒有什麼不同。」耀光精靈很開心地雙手扠腰，「不錯不錯，看來我們公會成員都是些好傢伙。」

耀光精靈瞬間成為所有人的目光中心，俞思晴甚至看到某些人露出閃閃發光的眼神，把耀光精靈當成神看待。

剛才揭穿耀光精靈的男子走過來，和俞思晴搭話。

「我說過要請客的。」

「那我就欣然接受了，銀。」

俞思晴看了他一眼，拿起叉子切了一口蛋糕。

銀笑了笑，拉開她對面的椅子坐下，「妳看起來不是很訝異。」

「怎麼說……其實我真的有被嚇到，但想想會長確實會做出這種事情的人。」

「我阻止過她，但她不聽。」銀也很無奈。不過，俞思晴能用平常的態度和他說話，讓他鬆了口氣。

「太好了。」他微笑看著俞思晴。

俞思晴眨眨眼，「什麼太好了？」

「妳確實沒有對我另眼看待。」

聽懂他的意思，俞思晴淺淺一笑。

銀不由得愣了一下，覺得俞思晴的笑容比想像中還要可愛。

「發什麼呆，過來集合！」耀光精靈拍了一下銀的後腦勺，「我和叔叔把店包下來，可不是為了讓你把妹。」

「就說了不是這樣。」銀揉著腦袋，對俞思晴說：「我們走吧，趁這機會和其他成員認識認識。」

耀光精靈也湊過來補充道：「週六的攻城戰有點不同，妳可得做好心理準備。」

俞思晴垂下眼，站起身。

「……嗯，我知道。」

就算耀光精靈沒有提起，她多少也猜得到，這次的公會攻城首戰，肯定不單純。

第八章　攻城戰（上）

Sniper of Aogelasi

幻武神話初次開放的攻城戰，確實很不同。

這次遊戲公司只把各公會會長找去開會，並在會議上宣布攻城戰的內容。雖然是在遊戲世界中開會，但可以想見會議氣氛有多麼緊張。

俞思晴看了一下新傳說聯盟的內部公告，不意外的，自己的名字在攻城成員的名單內。

每個公會的成員約有二十名，但攻城戰限定七名成員參加。遊戲強制參加的會長和副會長已經占掉兩個名額，剩下來的人選肯定都是公會中的菁英。

俞思晴的排名僅次於耀光精靈和銀，是公會第三的高手，更何況她還教訓了火鍋蓋，理所當然地成為參加成員之一。

耀光精靈舉辦網聚，除了探討戰術、說明攻城戰內容以外，最重要的就是讓公會成員投票，選出參加攻城戰的成員。

「小鈴，妳看起來很苦惱。」見俞思晴眉頭深皺，巴雷特問道。他記得，俞思晴已經期待很久了。

俞思晴還有點不習慣面對巴雷特，幸好攻城戰占去她大部分的腦容量，讓她沒時間為了之前的吻害羞。

「遊戲公司居然舉辦這麼多限制的攻城戰，而且只開放一座城讓所有公會爭奪。」俞思晴站在高處，拿望遠鏡遠眺目標建築。

果然不出所料，已經有許多玩家往那裡聚集。

「明明下午三點才開始，但是這麼多人聚集是怎麼回事……」

遊戲公司的古怪行為與超乎常理的特殊規定，讓俞思晴覺得，這次的攻城戰並不如表面那般單純。

「各個公會的人都有。」巴雷特不需望遠鏡就看得一清二楚，「小鈴，難道跟妳猜的一樣？」

「希望不是。」俞思晴將望遠鏡收起，坐在山崖邊，「這次的攻城戰，是限定人數、地區的極限戰鬥。除了要阻止其他公會奪取之外，還得想辦法清除守城怪，根本就像是在玩副本。」

「除了自己的公會成員之外，全都是敵人？」

「嗯，只要能拿下守城怪中的 BOSS 就好。」她枕著下巴碎念道：「不過攻城戰有時間限制，在時間結束前，那隻 BOSS 是打不死的。最後會以各公會的擊殺值來算積分，判斷哪個公會取得這座城的所有權。」

「看來會是場耐力賽。」

「是啊。」俞思晴打開道具系統，清算自己的東西是否齊全。

巴雷特不敢出聲打擾，雖然他很想知道，俞思晴究竟還記不記得那天的事。

武器ＡＩ對幻武使抱有特殊感情是不被允許的，但他不想也不願看到俞思晴成為別人的。

說他自私也好、任性也罷，只要俞思晴身旁的位置永遠是他的，他願意做任何事。

「小鈴。」巴雷特突然開口道：「公會傳來的訊息，要參加成員到指定地點集合。」

俞思晴正好清點完道具，算算時間，也差不多該開始做準備。

為了公平起見，遊戲公司以那座城為中心畫下圓形界線做為起點，公會成員可以在那條線外等候時間開始。

俞思晴看了一下坐標位置在界線附近，便對巴雷特說：「從這裡應該能看到集合地點，你幫我看看會長和銀是不是已經到了。」

巴雷特點點頭，朝座標指示的地點看過去，「有五個人在那裡集合，不過除了我們公會之外，還有其他人。」

俞思晴有種不祥的預感。

巴雷特瞇起眼，「小鈴……事情似乎有點不對勁。」

距離攻城戰開始只剩下十分鐘，氣氛越發緊張，即便他們身處於山崖的制高點，也能感受到。

突然間，左方傳來爆炸聲響。裊裊升起的黑煙中，還隱約能看見紅色的火光與藍色刀刃。

接著，其他地點也開始傳來兵刃相接的聲音。

「巴雷特！」俞思晴立即向巴雷特伸出手。

巴雷特還沒來得及變化成武器，一枝箭嗖地從兩人中間穿過。幸好俞思晴先一步察覺，急忙把手收回，才沒成為箭靶。

她愣了下，看著插在地上的箭，慢慢回過頭。

一名幻武使正拿著十字弓對準她，射出第二枝箭。

俞思晴連忙撲向巴雷特，兩個人就這樣摔下山崖。

巴雷特在俞思晴的懷中變化成狙擊槍。俞思晴翻了個身，蹲在下層凸出的地面，接著躲進山崖正下方的陰暗處。

「嘖，沒想到會是這樣。」

俞思晴背貼著山壁，聽到頭頂上傳來的腳步聲，將槍口對準上方並扣下扳機。子彈貫穿山壁，只聽見對方的哀號聲，接著就看到人影從前方摔落。

俞思晴鬆口氣，「看來不只我一個人認為這裡是很好的狙擊點。」

攻城戰的地圖今天才開放，所以她一大早上線就跑來這裡查看。

只有今天，參加攻城戰的玩家不受上線時間限制，即便超過時間也不會被系統強制下線。

除了準備道具、思索今天負責的工作、複習耀光精靈的戰略計畫，她還利用玩家比較少的時間點，把這個地圖全都走過一趟。

現在開場時間越來越近，情勢也隨之變得緊張。畢竟，參與的玩家需要經過登記，在開場前減少敵人數量也是不錯的計謀。

「這裡不能待，得找其他狙擊點。」俞思晴跳回上方，以疾步快速轉移地點，「巴雷特，幫我注意其他成員的狀態，有需要的話我還是得去支援。」

「我知道了。」

距離遊戲規定的開始時間還有十分鐘，但玩家的戰鬥已經開始。

俞思晴來到第二處制高點，安置好輔助技能，以防止其他玩家背後偷襲，並架起槍，瞄準耀光精靈等人所在的集合點。

這個位置比剛才還要靠近集合處，她也能透過狙擊鏡看到那邊的情況。

「不幫忙嗎？」

巴雷特見俞思晴遲遲沒有扣下扳機，有些好奇。

「不，會長他們處理得滿好的，看來是我太過杞人憂天。」

至少有兩組公會包圍耀光精靈等人，但耀光精靈和銀不愧是排名前十的幻武使，其他成員只需要從旁輔助，他們就能輕鬆打退對手。

「其他成員也滿厲害的，配合得很好。」巴雷特讚嘆道。

「嗯，畢竟這次的成員是所有人共同討論後決定的。」

「小鈴雖然和公會成員不熟，但大家卻推舉妳出來，表示妳很受歡迎。」

「那是因為我替他們教訓了火鍋蓋。」俞思晴嘆口氣。

想起那天網聚，其他人知道她是泡泡鈴之後，爭相跑來道謝，她就忍不住笑出來。

她真幸運，公會成員都是不錯的人。

不……或許應該說，幸運的是耀光精靈，她抽到一手好牌。

「時間差不多了。」俞思晴再次舉起槍口，瞄準將耀光精靈等人包圍起來的玩家，一口氣射出三發子彈，發發命中對方的膝蓋。

耀光精靈抬起頭來，彷彿能知道她的位置，給了她一抹笑容。

透過狙擊鏡看到這個畫面，俞思晴不免吃驚。

「那傢伙……也許比我想的還要厲害許多。」

她將狙擊槍收至背後，從山壁滑下去，以「疾步」快速地在森林裡穿梭。

路上果不其然看到許多公會衝突，但她都安然無恙地閃避過去。

她將狙擊槍舉至胸前，踩著一名幻武使的身體一躍而上，瞬間找出耀光精靈等人的位置，幾槍連發，擊退追逐在他們身後的玩家。

「還真是窮追不捨。」

她快速填充子彈，繼續揹著狙擊槍往前快步飛奔。很快，俞思晴從枝葉掩映中依稀看到城堡的模樣，表示她已經接近位置。

這時，系統開始倒數，自動將她的通訊頻道切換至攻城戰隊伍的模式。

倒數完畢，系統跳出紅色計時器，發出「嗶」的長音。

系統公告：亞比列格攻城戰開始。

公告發出的同時，紅色計時器開始倒數三十分鐘。

參加公會總數十一，二十二名幻武使因返回重生點而視為自動棄權。

攻城戰的首要規定，即是開戰時，參與玩家必須在這個地圖裡。

玩家無法使用道具復活，補師的復活技能也被封印，只能靠補品和補師的回血技能保住小命。

所以，「死亡」成為這場攻城戰的重點。

而那些血條歸零、被迫回到重生點的玩家，根本來不及趕回來，所以在攻城戰開始前對其他玩家下手，是最佳的選擇。

「才剛開始而已就有這麼多人……」巴雷特驚訝不已。

相較之下，俞思晴顯得很冷靜，腦袋裡已經開始思考耀光精靈的計畫，以及交付給她的工作。

「你知道為什麼會長會在開始前十分鐘，發給我們集合訊息及坐標位置嗎？」

「……難道不是想集合後出發？」

「你仔細想，為什麼會長發出訊息後，他們就立刻被其他公會的幻武使圍剿？」

「……啊，該不會……這是會長大人的計畫？」

俞思晴勾起嘴角，「對，會長是故意的，她也想利用這段時間減少敵方人數，而把我們的人集中起來，就能確保人數不會被削減。」

「可是小鈴，妳從剛才開始一直獨自行動。」巴雷特並不笨，在俞思晴的提醒下，他自然能猜測出他們的「工作」是什麼。「這也是會長大人的安排？」

「槍族最厲害的就是速度，不管是攻擊還是移動，所以我們是隊伍中機動性最高的。」

他們的隊伍中，有法族兩名、刃族三名、槍族一名、棍族一名，是相當適合進攻的隊伍，所以一開始耀光精靈才會把所有人集中起來。而身為槍族的她，則是作為輔助在暗中協助，並在最前頭查看情況。

這場攻城戰的目的是守城 BOSS 怪，還有限制時間，所以他們必須盡量迴避不必要的戰鬥，在最短的時間找到這隻 BOSS 怪。

她的工作，就是替隊伍成員減少不必要的戰鬥。

說起來很簡單，實際上卻相當困難，但俞思晴很清楚，耀光精靈絕對是看出她原本的實力，才會這麼要求。

會長或許比她想像中更有心機也說不一定……

她快速轉身，以極近的距離開槍擊中一名揮舞刀刃朝她逼近的幻武使。

「唔嗯……」那名幻武使全身麻痺，無法動彈，惡狠狠地看著站在他面前的俞思晴，「妳、妳為什麼不攻擊我？」

他原本以為俞思晴使用的是攻擊，沒想到他沒損半滴血，只是單純被限制行動。

俞思晴的做法太過溫柔，在他眼裡看來可是相當怪異。

「殺掉你對我沒有好處，也賺不到積分。」俞思晴說完後，丟下他快速離去。

除非是一招斃命的技能，否則俞思晴實在不敢保證能在最短時間內讓對方血條歸零。她的工作是替隊友探路，不是打先鋒。

『小鈴，妳還可以嗎？』隊伍頻道傳來銀的聲音。

『不要緊，我已經把地圖記得滾瓜爛熟，就算沒看地圖也能跑。』

『妳一個人要小心。』

『有巴雷特在，我不是一個人。』

『說的也是。』銀忍不住笑出來。

在這緊張的氣氛底下，兩人的語氣顯得相當輕鬆。

耀光精靈忍不住插嘴，『我不是要你別對小泡泡出手？給我把注意力放在攻城戰上！攻下這個地方，我們公會就出名了。』

『我很專心啊。』

『專心？是專心把妹吧！』

『耀光，妳別老是誤會我，我不是個見色忘友的男人。』

『哼！你就是見色忘友！』

『會長和副會長又開始吵架了，誰快來阻止他們啊——』遊戲ＩＤ顯示為「忍著跪」的成員忍不住抱怨。

另外一個成員「妳的名字」笑嘻嘻地說：『有什麼關係？這樣他們的戰鬥力會大增耶。』

『哇！會長！副會長！請別把氣出在敵人身上啊！』女補師「敏敏」慌張地阻止兩人。從聲音聽起來，他們那邊的戰況似乎很精彩。

『小泡泡妳別擔心我們這邊，有什麼萬一就叫我，別忘記。』最後一名成員「荷包蛋」，不忘提醒俞思晴這件事情。

虧他們在這樣緊張的氣氛底下，還能如此輕鬆自在。

「小鈴。」

巴雷特的叫喚聲把她拉回現實。接著她便察覺到不尋常的氣息，停下腳步，轉手將狙擊槍舉至胸前，做好準備。

「看來要完全避免戰鬥，還是不太可能。」

說完，眼前的樹林倏地被一具巨大的身體撞倒。全身長滿厚重鱗片的巨大穿山甲，出現在俞思晴的面前。

「是守城怪！」

「要開打了，巴雷特！」

「是！」

俞思晴快速繞著穿山甲奔跑，連續盲射，但她的子彈無法貫穿厚重的皮甲。

巨大穿山甲甩動尾巴，速度和力道比俞思晴想像的還要快許多，讓她來不及閃躲，就這樣挨了一記攻擊。

「唔！」

俞思晴身子往後飛，撞在樹幹上。她扶著腹部，口中瀰漫鮮血的味道。自從開始玩幻武神話後，她還沒受過這麼嚴重的傷。牠的一次攻擊，就把她的血條打掉一半！

「不妙啊……」她注視著穿山甲，單膝跪地，舉起狙擊槍瞄準牠的腹部。扣下扳機，子彈射出。

但穿山甲看穿她的攻擊，尾巴一甩擋開子彈。俞思晴嚇了一跳，沒想到這隻怪的動作竟然如此敏捷迅速。

穿山甲轉過身，惡狠狠地瞪著她。

「不妙，這隻是專門對付槍族的守城怪。」俞思晴緊張地抿唇。

看樣子他們最需要擔心的，並不是其他公會的幻武使，而是這些傢伙。

「牠們似乎會挑選自己擅長對付的種族下手。」巴雷特說道：「從牠剛才的動作來看，牠對我的攻擊方式相當了解。」

「這隻守城怪我們應付不來的，就算能打贏，守城戰也老早就結束了。」

俞思晴不打算把時間浪費在這隻穿山甲身上，卻也找不到逃脫的機會。面對穿山甲的猛攻，她只能邊閃躲邊想辦法抓到空隙逃走。

『會長！我這邊遇到一點問題，你們先前進吧。』

耀光精靈等人與她相隔五百公尺左右，很快就會追上。為了避免所有人都被這隻守城怪纏住，俞思晴趕緊提醒，卻得到意外的回覆。

『妳也遇到守城怪了嗎？』耀光精靈的聲音相當嚴肅。

俞思晴愣了下，『該不會，會長你們也……』

『嗯，遇到了。』耀光精靈那邊不時還能聽見戰鬥的聲響，與其他成員的吆喝聲。

『在那邊……不對！又不見了！』

『天啊！還真難找，是把我們當靶子打嗎？』

耀光精靈那邊有三名刃族，從零散的對話來判斷，俞思晴猜測他們遇到的是遠距離攻擊型的守城怪。

『會長，守城怪會挑對象攻擊，我這裡遇到的是能對付槍族的守城怪。』

『原來如此……那麼我們得稍微改變計畫。』耀光精靈停頓幾秒，苦笑道：『不好意思，小泡泡，銀好像跑去妳那邊了。』

『……咦？』

俞思晴的眼前迅速掠過一道身影，揮下手中刀刃，用強大的力道劈開眼前的穿山甲。

「破甲！」

穿山甲發出痛苦的嚎叫聲，甲冑碎裂，露出黑亮的長毛。

拿著紅色長劍、如英雄般登場的，正是耀光精靈幾秒鐘前才提起的銀。

「銀？」

還沒來得回神，銀一把將她橫抱在懷裡，直接帶她躍上樹枝。

「哇！」

不知道是因為驚嚇，還是因為和銀之間的距離忽然拉近，害得俞思晴心臟狂跳不已。

「我說過有困難就找我吧？」銀看起來很不高興，「難道妳不信任我？」

「不，當然不是。只是我……」

『耀光，執行C計畫。』銀沒有聽她解釋，透過隊伍頻道和耀光精靈聯繫。

『好，我們城裡見。』耀光精靈說完便切斷通訊。

「走吧，繼續朝那座城前進。」銀把她放下來，輕揉她的頭，「遇到守城怪的話，表示我們已經進入城的範圍，不用再擔心其他幻武使。」

俞思晴悄悄看著他，決定不詢問剛才的事。

「近戰和遠攻打手的組合，是進攻型的最佳搭檔，我們可不能輸給其他人。」銀笑道。

俞思晴嘆口氣。銀未免也太看得起她，反而害她有些不好意思。

腳下突然傳來怪獸的吼叫聲。因為銀的攻擊而短暫麻痺的穿山甲，已經恢復原樣，惡狠狠地瞪著他們看。

奇怪的是，牠並沒有馬上進攻，而是抬起頭嚎叫。

「看樣子牠是想找伙伴來。這些守城怪似乎設定為一隻對付一名幻武使……怪不得遊戲公司要我們先提參加的成員名單。」

「是想掌握我們的職業。」

「嗯。」銀轉過身，「趁現在趕快離開，要是被牠們追上，就很難對付了。」

俞思晴點點頭，和銀一起在樹梢間跳躍前進。

所謂的C計畫，是進入城內才開始執行的分組行動模式。

七人分成三組，在城內調查BOSS的位置。

玩家到達城內後，不太會選擇攻擊其他公會的幻武使，大家都想盡快找到BOSS賺取積分。

「感知模式。」俞思晴使出特殊技能，雙眼頓時變得血紅。從她眼中看出去的畫面，變得有如負片。

銀跟隨在她身旁注意周遭狀況。即便到了這裡還是不能大意，畢竟守城怪出沒的機率比城外還高。

「妳看到什麼了？」

「地下室。」俞思晴低著頭，「那邊有很巨大、會行動的障礙物，我想應該就是守城BOSS。」

『耀光，你們那邊呢？』銀問著。

『我這邊看到的情況和小泡泡一樣。』

『我也是，看來應該就是地下室沒錯。』

另外兩組的回答，和俞思晴相同。

這招「感知模式」是解完特殊任務才能獲得的技能。他們的隊伍裡共有三人會使用這招，因此就靠他們來判斷 BOSS 的位置。

當然，其他公會成員肯定也會用同樣的方法來尋找 BOSS，所以分秒必爭。

『計畫進行得挺順利的。』耀光精靈的聲音聽起來很愉快，『我們在地下室的入口會合吧，接下來得團體行動。』

『好。』

銀和其他人聯繫完，俞思晴也正好解除「感知模式」，揉揉疲憊的眼睛，走回他身邊。

「我還是不喜歡用這個技能。」

「但妳幫了大忙。」銀笑道：「走吧，去和耀光會合，接下來得認真打 BOSS 賺積分，耀光可是相當想要這座城。」

「我知道了。」俞思晴嘆口氣，和銀一起往目的地前進。

過了幾個房間，他們就遇上其他公會的幻武使。但對方連看也不看他們一眼，急著想要找到 BOSS，很快就消失在前面的房間。

兩人下了樓梯，燈光也越來越昏暗，俞思晴不得不叫出螢光蟲。

「越來越像在打副本了。」她忍不住碎念。

「確實讓人有這種錯覺。」

通往地下室的樓梯共有五處，他們走的這條，正好沒有其他幻武使同行，感覺特別可怕。

就在他們快要走完階梯的時候，巴雷特突然喊了一聲：「小鈴！前面！」

俞思晴聞聲停下腳步，走在前頭的銀也露出錯愕的表情。

只見一個人往他們的方向飛過來撞到牆壁，全身癱軟地滑坐在地上。

「是其他公會的幻武使。」銀蹲下來查看他的情況，「殘血了，難道是守城BOSS幹的好事？」

這名幻武使突然抓住銀的手臂，大口喘息。銀嚇了一跳，俞思晴也立即拿起狙擊槍對準他。

這名幻武使用著有氣無力的聲音說：「……快逃……」

接著，一把短刀飛射而來，插中這名幻武使的胸口。

瀕死的幻武使就在兩人的面前，化作青色光點消失不見。

第九章　攻城戰（中）

Sniper of Aogelasi

銀朝短刀飛來的方向看過去，神情嚴肅，示意待在樓梯上的俞思晴不要過來。

俞思晴明白地點點頭，靠著牆壁躲在陰暗處，並且將螢光蟲收起。

銀的面前似乎出現了其他幻武使。接著，一道俞思晴很熟悉的嗓音響起。

「嘻嘻嘻，還真是讓我抽到了一張好牌啊。」

俞思晴瞪大雙眼。

「木、木蓮大人，這傢伙是排名第二的……」

「我們打不贏他吧！」

俞思晴垂下眼。

果然是木蓮。沒想到會在這裡遇上那個棘手的古怪幻武使。

銀似乎也知道這個人，眉頭皺得死緊。

「耀光和我說過妳，看來你們公會比我想得還要無賴。」

「無賴？」木蓮搖頭，「你是不是誤會了什麼？我們可不是壞人，這是利益交換。」

她勾起嘴角，「我們公會只要有利可圖，什麼事情都能做，這次的攻城戰也不例外。」

「什麼意思？」銀不高興地瞪著她，連俞思晴都能感覺到他的怒火。

「我們公會和其他弱小的砲灰公會聯手，現在我們家的會長大人，正在裡面打BOSS積分，所以讓我們守在這裡，以防其他人插手。」

「地下室的入口不只這處，你們只守一個點？」

「我們當然沒那麼愚蠢。」木蓮伸出三根手指，「三條能進入這地下室的入口，都有我們的人守著。除非打贏我們，否則你們沒人能進得去。」

說完，她陰險地抬高下巴，奸笑道：「如此一來，這座城必定會成為我們公會的囊中物。」

銀只是從耀光精靈的口中，知道這個人曾和他們起衝突的事。沒想到實際遇見，對方竟比耀光精靈形容得更加可惡。

看來耀光精靈還稍微「口下留情」了一些。

「你們究竟和多少公會聯手？」

木蓮沒有回答他的問題，反而笑嘻嘻地提問：「能在這遇見也是緣分，不如，你們公會也加入我們，怎麼樣？」

銀的臉色越來越難看，木蓮卻沒有住口的意思。

「只要和我們無冠之王公會結盟，我保證你們公會能獲得這座城的一部分土地。這種事情遊戲公司管不著，GM也不會插手。」

確實如木蓮所說，得到城堡所有權的公會，能夠自由分配裡面的土地與設施。以往的實境遊戲，都是同時開放一座以上的城讓玩家爭奪，但這次不同。首次取得城堡所有權，等於是得到整個伺服器內最大的權力，也難怪這次的爭奪戰會殺紅了眼。

看著木蓮身後的那些人，銀冷冷地說：「我真不明白，你們為什麼要和這種惡劣的公會同流合汙？」

對方被銀的氣勢嚇到，你看我我看你，沒人敢開口。

木蓮不屑地一笑：「那是因為他們明白自己的無能。在這種情況下，弱小的公會和幻武使，自然得找其他的生存辦法——那就是依附於我們這種強大的公會。」

說完，她又一臉厭惡地咋舌：「雖然我很不喜歡這些寄生蟲，但會長的話還是得聽，與其找這些砲灰，還不如和你這樣的幻武使聯手呢。」

她自顧自地說著，沒察覺到銀露出的不悅表情。

「啊，不過……」木蓮揚起嘴角，笑容變得冷漠，「我看不慣你們這種和樂融融的公會。如果我們會長沒阻止我的話，我恐怕早已經把你們的人殺過一輪了。」

她果然還記著輸給自己的事情。

木蓮對他們公會的怒氣，不如說是針對她個人。

不願讓公會成員被她的私人恩怨所牽連的俞思晴，下意識握緊了狙擊槍。

「小鈴……」巴雷特感覺得到俞思晴的心情起伏，「冷靜下來，妳現在衝過去沒有好處。」

俞思晴心裡清楚，但她吞不下這口氣。

「啊，對了，你們公會不是有個叫做泡泡鈴的槍族幻武使？」木蓮忽然說道。

躲在暗處的俞思晴身體一震。

「……是又如何？」銀冷冷地說。

「我記得她也是參與這次攻城戰的人之一，那麼——」木蓮笑嘻嘻地提出自己的交換條件，「把她留給我，我就讓你過去，如何？」

聽到木蓮這麼說，俞思晴就知道自己的存在已經曝光。

「就算妳放我過去，我也會被待在裡面的『會長』解決。」銀根本不把她的交易當回事，更不可能交出俞思晴。「這樣可不是條件交換。」

「是喔。」木蓮燦笑道：「這是專屬於我們公會的利益交換啊。」

話音甫落，一把利刃劃過她的臉頰。

刀刃刮破她的臉，留下血痕，後面幾個幻武使嚇得魂都飛了。

木蓮伸舌舔著傷口，銳利的眼神落在做出扔擲動作的俞思晴身上。

「呵呵呵……」她發出難聽的笑聲，「我還在想，妳要躲到什麼時候呢。」

俞思晴用剛才木蓮殺死那名幻武使的短刀，回敬木蓮。

「不要用這種方式來誘拐我的伙伴，木蓮。」

「幹嘛這麼客氣。」木蓮的笑容越來越可怕，近乎瘋狂，「我可是想妳想得不得了！」

說完，她的身影瞬間消失在眾人眼前。只有俞思晴看清楚她的動作，飛快地舉起槍身擋下她的刀刃。

冷漠的目光與炙熱的殺意對上，開啟這場沒有理由的戰鬥。

「妳的速度比上次還快，是用了什麼特殊道具嗎？」木蓮對俞思晴的興趣越來越大。

俞思晴沒有回答，抬起腿橫掃。木蓮向後閃過，身體柔軟如蛇。

另外幾人看到木蓮開打，也拿起武器想要出手，卻被銀擋住去路。

他舉起長劍，凶惡的目光睨視這群人。

「女孩子吵架最忌諱被人打擾，就由我來對付你們吧。」他冷冷一笑，把那些人嚇得縮在一起，只差沒慘叫。

銀用眼角餘光注視著正在和木蓮戰鬥的俞思晴。

這是他第一次親眼看到俞思晴的戰鬥。之前從耀光精靈的口中得知，俞思晴的實力不凡，他早就想親眼見識了。

他選擇和俞思晴同組，也是為了這個目的。

全神貫注與木蓮戰鬥的俞思晴，並沒有察覺到銀的目光。她知道面對木蓮不能分心，必須拿出全部的實力才能和她抗衡。

之前打贏對方只是運氣好，她不認為同樣的招數對木蓮有用。

木蓮似乎也有同樣的想法，直接以自己的武器ＡＩ和她正面對峙。

「奪命刺擊！」

「流星雨！」

兩人的速度不分上下，選擇的招數更是精確無誤。

俞思晴利用「流星雨」技能，讓子彈以自己為中心，在四周落下，抵擋住木蓮的技能攻擊。

在子彈攻擊結束的瞬間，俞思晴的槍口對準木蓮扣下扳機。

「重型砲擊！」

白色光束朝木蓮直射而去。依照常理判斷，木蓮應該躲不過才對，可是她身子一扭，避著光束跳開，靈活的動作已經超出想像。

俞思晴還來不及使出下一招，木蓮壓低身體，眨眼間貼近自己。

「獵鷹之爪。」

俞思晴眼睜睜看著木蓮手中的刀刃閃耀出光芒，出現老鷹的影子，在她的胸前留下爪痕。

「唔嗯！」挨下這擊的俞思晴，往後滑行一小段距離，單膝跪地。

「小鈴！沒事吧？」巴雷特驚呼。

就連他也沒看清楚木蓮的行動。雖然刺客是刃族中唯一能和槍族的速度抗衡

的職業，也不可能會這樣。

槍族最自豪的就是速度，俞思晴花了很多心思提升該項能力值，速度比其他槍族還要快上幾倍。

所以巴雷特怎麼樣也不敢相信，身為刃族刺客的木蓮，竟會在俞思晴之上！

俞思晴低頭看著胸口的爪痕，「遊戲公司把痛覺感應做得很真實啊……」

「小鈴，現在不是說這種話的時候。」巴雷特擔憂地道。

「別擔心，只是一點小傷。」說完，俞思晴眼角餘光便看到木蓮揮動武器，出現在她的右後方。

俞思晴以瞬步離開原地，讓木蓮的攻擊撲空，隨即單手舉起狙擊槍，朝木蓮盲射，「狙風鎖鍊！」

風鍊射出，卻大失準頭，木蓮安然無恙地在鎖鍊中行走，根本抓不住她。

她來到俞思晴面前，露出勝利的微笑，反手握住短刀，朝她胸前刺下。

「鏘」一聲，木蓮的刀刃被彈開。她驚訝地瞪大眼睛，看著擋在俞思晴胸前的白色絲巾。

看起來脆弱輕薄、如同星光般閃耀的絲巾，卻能夠擋開她的攻擊，讓木蓮無法理解。

成為護盾的絲巾飄起，回到俞思晴的手臂兩側，輕盈地捲動著，彷彿擁有自我意識。眼前的俞思晴，看起來就像是落入凡間的仙女。

「那是……什麼？」木蓮沒見過這樣的裝備，不由得看傻了眼。

「裝備。」俞思晴如實回答。

原本她以為肯特女神被消滅之後，「女神的祝福」那套服裝也會被收回，沒想到水之精靈只收回半套，留下這條絲巾給她。

「裝備？」木蓮冷笑，直覺認為俞思晴是在糊弄她，「這遊戲雖然有不少特殊裝備，但是裝備並不具有ＡＩ智慧。」

「妳在說什麼？它當然沒有。」

「是這樣嗎？」木蓮隨手扔出小刀道具。絲巾立即動起來，掐住小刀，將之捏成一團廢鐵，扔在地上。

「妳還敢說沒有？」

俞思晴沉默不語。就是因為這樣，她才不想拿出這個裝備啊！但木蓮的攻擊真的太難防禦了。

「它確實沒有，妳不相信就算了。」俞思晴舉起狙擊槍，朝木蓮連射。

木蓮跳開閃躲，越來越火大。

「妳這是什麼意思？剛才的攻擊，根本沒瞄準我吧！」

「確實，因為我不打算跟妳耗時間。」俞思晴睨視她，「妳根本不想找我報仇，而是在拖延時間。」

「什麼？」木蓮咬牙，「妳認為我在開玩笑？我木蓮可不是個吃了敗仗而不會討回來的人！」

聽她這麼說，俞思晴反而勾起嘴角，露出笑容。

木蓮不由得一愣，就在她想往前走的時候，愕然發現自己的雙腿無法移動。

她低頭看著自己的雙腿，發現應該被她閃躲過去的鎖鍊，竟然牢牢地綁在她的小腿上。

而她，竟然一點感覺也沒有！

「什麼時候……嘖，原來妳那時不是盲射？」想到俞思晴剛才隨手開槍的動作，木蓮恍然大悟。「妳以為這種三腳貓招數，就能封住我的速度？」

「當然不。」說完的同時，俞思晴來到木蓮的面前，「招數越是強大，就越需要時間準備。」

狙擊槍口凝聚的白光，已經累積到極限。

她單手舉起狙擊槍，對準木蓮的頭，「和妳解釋的短短幾秒鐘，就已經足夠。」

說完，她便扣下扳機。

「重型砲擊。」

白光將木蓮的頭部淹沒，強大的衝擊力道，讓被響尾蛇鎖鍊束縛的木蓮支撐不住，整個人往後飛撞在牆上，直接貫穿地下室的牆壁。

俞思晴這才轉手把狙擊槍掛在背後。

其他幻武使一看到俞思晴把木蓮打飛，全都嚇得臉色蒼白。

「那、那個女孩子竟然能把排名第九的木蓮小姐……」

「媽啊！快逃！這次的攻城戰都是些怪物玩家！」

他們手忙腳亂地沿著樓梯飛奔離開，完全不想多留一秒鐘。

俞思晴沒心情看他們，拿起補血瓶喝了幾口。

「這招獵鷹之爪，似乎能在幻武使的身上留下傷痕，而且還能限制幻武使的技能使用次數。」銀走過來，盯著她的胸前看。

巴雷特注意到銀的視線，立即化為人形，從背後抱住俞思晴，用手臂阻擋他的視線。

俞思晴被巴雷特這樣抱著，羞紅著臉低下頭。

銀以為俞思晴是因為自己看得太過露骨而害臊，連忙道歉。

「抱歉，我不是那個意思。」

「沒、沒事。」俞思晴也知道技能被限制的事。她在技能欄位裡看出不對勁，所以才把武器AI收回背後，沒有繼續作戰的意思。

「不過這樣我就沒辦法幫忙增加積分了，頂多用普通攻擊在後面替你們打。」用技能對付守城BOSS是累積積分的最快方法，普通攻擊沒什麼太大意義。

「木蓮被打敗的事情，他們公會的人馬上就會知道。如果接下來還要對付其他幻武使，我可能沒辦法成為戰力。」

「沒關係，還有我和耀光。」銀轉身推開通往守城BOSS的房間，「妳已經很厲害了。果然就像耀光說的，妳是個很厲害的玩家。」

俞思晴反而有點不好意思，「沒什麼，只是個遊戲宅而已。」

三人走入房間，赫然發現耀光等人竟然已經在裡面。

「銀？」耀光露出開心的笑容，「太好了，你們平安無事。」

「奇怪……」銀和俞思晴愣了下，看著自己的公會成員湊過來和他們會合。

然而這個房間裡，除了他們公會的人之外，沒有其他人。

就連守城BOSS也不存在。

「這是怎麼回事？」詭異的氣氛瀰漫在房間內，讓銀有種不祥的預感。

耀光精靈和其他人面面相覷，顯然不明白銀在擔心什麼。

俞思晴示意緊抱著她不放的巴雷特先變回武器型態，她不想因為巴雷特而分心。巴雷特相當識相地順從她的命令。

「什麼怎麼回事？」荷包蛋問著，「銀，難道你們有遇到什麼嗎？」

「無冠之王和其他公會結盟，堵在這個房間的三個入口處，想把其他公會隔絕在外，這樣就能保證他們公會能夠拿下這次的攻城戰勝利。」俞思晴如實回答，但是從他們的反應來看，似乎沒這回事。

「我們並沒有遇到無冠之王的人。」

「是啊，我們來這裡的時候，這房間就是空的了。」

「不但沒見到守城BOSS，連其他公會的人都沒見到。」

大家你一言我一語，緊張地討論。

時間在流逝，而他們卻連守城 BOSS 都沒找到，這樣要怎麼累積積分？

「用感知模式看看。」俞思晴提議道。

她暫時沒辦法任意使用技能，只好由其他人來。

補師敏敏點點頭，開啟感知模式，半晌膽怯地說：「好奇怪……我看到的巨大影子確實是在這裡沒錯啊。」

另外一名使用感知模式的成員也附和，「敏敏說的沒錯，真是詭異。」

他們明明在正確的位置，卻找不到守城 BOSS。

更詭異的不只如此，還有不見蹤影的無冠之王成員。

「不可能只有我們和無冠之王來到這裡，比我們厲害的公會可是不少。」耀光精靈思考道：「總而言之，肯定是我們漏掉了什麼。」

「現在只剩下不到五分鐘的時間，就算找到守城 BOSS，我們也累積不到多少積分。想要奪下守城戰勝利，根本不可能。」棍族成員忍著跪沮喪地說著。

其他人也覺得他說的有道理，頓時士氣低迷。

俞思晴低頭思索，叫出系統。

「奇怪，目前沒有任何一個公會有積分。」

「……咦？」耀光精靈和其他成員愣了下，連忙打開系統查看。

他們太過專注於找守城BOSS，根本忘記去看系統資訊。

「真的很詭異！可是，明明就有守城怪……」

「無冠之王的人大概是想浪費其他公會的時間，故意說謊，好讓我們真的以為守城BOSS就在這個房間裡。」俞思晴思索了一下，提出第二個假設，「但也有可能是，守在外面阻攔其他公會的無冠之王成員，並不清楚房間內的情況。」

「小泡泡，這是什麼意思？」耀光精靈詢問道。

俞思晴遲疑幾秒，才開口回答：「我想，應該有很多公會都使用感知模式來找BOSS的位置，卻沒想到這是個陷阱。」

「陷阱？」所有人異口同聲地對俞思晴大喊。

她摀著耳朵，正想抱怨他們的音量，就聽見頭頂上傳來「喀噠」一聲。

所有人同時抬起頭，接著放聲尖叫。

「媽啊——那是什麼鬼！」

「我的天，這不會是恐怖遊戲吧？」

「哇哇哇！牠朝我們砸下來了啦！」

眾人各自四散。天花板上的東西筆直墜落在房間正中央，黑色的噁心黏稠液體蠕動著，伸出無數隻觸手，發出像是沖水馬桶的聲音。

他們全都傻眼，從來沒在實境網遊見到這麼噁心的怪！

這不是全年齡向的健全遊戲嗎？為什麼會出現這種恐怖遊戲裡才會有的肉塊！

肉塊中冒出兩顆眼珠子的瞬間，所有人的雞皮疙瘩從頭冒到腳，害怕恐怖電影的敏敏甚至飆淚尖叫著衝到身旁的俞思晴懷裡。

「呀啊啊啊！」

俞思晴顯得冷靜許多，只是單純覺得眼前的東西很噁心，臉色相當難看。

「這是……章魚嗎？」她漸漸看清楚這隻怪物的「模樣」。

「這傢伙就是守城BOSS？牠剛剛到底躲在哪裡？」荷包蛋拿起武器AI，做好戰鬥的準備，因為那兩顆眼珠正在盯著他看。

銀抬起頭，「上頭有個鐵箱，底部是打開著的，應該是從那裡出來的吧。」

「但我不覺得這東西是守城BOSS啊。」耀光精靈嘟起嘴，高舉手杖，在這隻章魚底下召喚出魔法陣。

瞬間，雷電聚集在章魚身上，把牠電得全身顫抖不已。

「嘿嘿，章魚應該怕雷系魔法吧？」耀光精靈開心地說。

所有人同時轉頭看向她。這種情況下還能露出笑容攻擊怪物，恐怕也只有會長做得到了。

如同耀光精靈所說，章魚在雷系魔法的攻擊下，很快就被殺死。

但天花板隨即又掉下許多黑色黏稠物體，這回他們連閃躲的地方也沒有。

「媽啊啊啊！這傢伙還有小分身？」

「好噁心！不要黏著我的臉皮！」

「嗚嗚會長！會長！」

被這些縮小版的章魚纏住，所有人陷入混亂。

因為敏敏即時召喚出防禦網，俞思晴逃過一劫，安然無恙地躲在屏障底下看著其他人跳腳。

小章魚甚至鑽進耀光精靈的衣服裡，毛骨悚然的觸感嚇得她花容失色，直接抱住銀的脖子。

「哇！不、不要！」

「快放開我！耀光，我的脖子快被妳扯斷了！」

一旁的忍著跪和荷包蛋，看到章魚在耀光精靈的衣服底下蠕動的畫面，不由看得兩眼發直，鼻血差點噴出來。

被章魚遮住臉、看不見路、連話都不能說的刃族成員妳的名字，則是撞上牆壁，兩眼昏花地倒地不起。

混亂的畫面，讓俞思晴更加確定自己的想法。

「我們快離開這裡。」她從屏障底下跳出來，開槍打掉纏住其他成員的小章魚，以飛快的速度閃躲，不讓自己被小章魚纏住。

其他人在俞思晴的幫忙下順利退出房間。

俞思晴最後一個從房間出來，並關上房門，不讓那些排山倒海而來的小章魚再接近他們。

「呼，得救了……」

「那到底是什麼陷阱啊！」

「不知道，但肯定不是守城BOSS。」俞思晴回答，接著轉頭看著趴在銀背上、不肯下來的耀光精靈，「會長，我們還是先回一樓，這地下室有種討厭的氣氛。」

耀光精靈點點頭，「我和忍著跪還有敏敏是從這裡進去的，我們來帶路。」

說完，她從銀的背後跳下來，無視黑著臉的銀，帶領大家。

所有人畏懼地看著在爆炸邊緣的銀，默不作聲地跟著耀光精靈走。

第十章　攻城戰（下）

Sniper of Aogelasi

「銀，你還好吧？」俞思晴詢問表情可怕的銀。

回到一樓，所有人都稍微放鬆了下來。

耀光精靈替正在使用感知模式的敏敏把風，巡視這附近沒有那種章魚小怪。不想再被騷擾的敏敏自然很樂意，認真地確認。

其餘的男性成員們，衝著銀對俞思晴很友善這點，推著她來問。

銀抬起頭，凶惡的目光把其他人嚇了一跳，全都龜縮在俞思晴背後。

「耀光老是這樣，真拿她沒辦法。」銀嘆口氣，收起怒火。

「這表示會長很信任你吧。」俞思晴回答。

其實她有點羨慕兩人之間的關係。

直率的耀光精靈，能夠無視周遭人的目光，坦白面對自己內心想做的事，就算被人投射異樣眼光，也不在乎。這點她就做不到。

銀頭痛萬分地說：「但我希望她克制一點，好歹我也是個男生。」

耀光精靈不把他當成男人看待，才是最讓銀感到無奈的地方。他並不是真的生氣，嚴格來說，應該是惱羞成怒。

看到其他男性成員都躲在俞思晴的背後，銀皺眉道：「你們縮在女孩子的背後做什麼？」

「啊，不……因為副會長你看起來超級可怕的。」荷包蛋搔著頭髮，略感歉意，「所以就不由自主……」

「對啊副會長，明明是這麼好的福利，你為什麼要生氣？你到底是不是個男人？」妳的名字一說完，立刻被另外兩個人暴打。

「你到底會不會說話！」忍著跪氣急敗壞：「你是真的想找死就對了！」

「抱歉，副會長，你別跟他計較。」荷包蛋趕緊向銀求情。

看到這一幕，俞思晴再也忍不住，笑出聲來。「你們還真有趣。」

總是擺出撲克臉、從未在他們面前露出笑容的俞思晴突然燦笑，讓其他幾個男生看傻了眼。

巴雷特見狀，用手遮住俞思晴的眼睛和嘴巴，把她摟入懷裡，警戒地瞪著其他人，宣示主權。

「哇！巴、巴雷特，別這樣！」俞思晴慌張地揮動手臂，卻掙脫不出來。

其他人根本沒把他的行為當一回事，只是一個勁地誇讚俞思晴。

「沒想到妳笑起來還挺可愛的。」忍著跪認真地說道。

「這就是所謂的反差萌吧。」荷包蛋附和，「妳應該多笑笑，不然我老把妳當成男生。」

「對對對，我差點以為妳是人妖玩家呢。」妳的名字也不忘插嘴，「以前我被人妖害得好慘，幸好這款網遊禁止玩家更換性別。」

網遊的世界中，男性玩女角、或者女性玩男角的機率很高，但《幻武神話》規定玩家不許更換性別，這也是這款遊戲受到注目的原因之一。

聽到妳的名字說的話，其他三個男生立即沉默不語。從他們的反應來看，似乎都遇過人妖，而且還被騙得不輕。

俞思晴這下也不知道該說什麼才好了。

「巴雷特，別隨便變回人形。」她悄聲對巴雷特抱怨，「其他武器AI都很聽話，你是不是太自由了？」

「我只是不喜歡他們看妳的眼神。」

「那又沒什麼。」俞思晴轉過身，嘆氣道：「這裡畢竟是虛構世界，被看個幾下沒什麼關係。」

「虛構世界？」巴雷特愣了下，「妳的意思是，和我接吻的事也是虛假的嗎？」

他沮喪地低頭，「對我來說，這裡所發生的一切，再真實不過……」

俞思晴赫然發現自己說錯了話，想要改口，可是巴雷特卻不給她機會，瞬間變回狙擊槍。

「你又這樣！」俞思晴責罵懷中的狙擊槍，「每次都不聽我解釋，擅自變回武器型態逃避！」

說完她又無奈地擺出低姿態，向他道歉，「抱歉，我說那些話的意思不是在否定你，我……」

她紅著臉，將唇瓣靠近狙擊槍，親吻槍身。

「我從來沒把和你接吻的事當作不存在。」

俞思晴盯著狙擊槍，希望巴雷特給點回應。

沉默了幾秒，她才聽見巴雷特用沙啞的聲音對她說：「……小鈴，那個位置是我的胸部喔。」

俞思晴的臉瞬間刷紅，「廢、廢話少說！我哪知道！」

她不自覺地放大音量，惹來其他成員的注意。

感覺到從背後傳來的視線，俞思晴尷尬地轉身，「哈、哈哈，沒什麼……已經確定那些章魚怪不會再冒出來了嗎？」

她發現耀光精靈和敏敏已經回來了，看敏敏放鬆的表情，估計是沒問題。

「看樣子章魚怪不會上來一樓，但我們找不到其他公會的幻武使，也沒有看到守城BOSS的蹤影。」耀光精靈說完，看了一下時間，「剩不到兩分鐘攻城戰就要結束了，但所有公會的積分仍舊是零。」

眾人開始苦思。

沒有任何公會取得積分，就表示大家都沒找到守城BOSS。雖說這樣就等於沒人取得這座城的權利，可以等下次開放的時候來攻占，不過想想還是挺嘔的。

「其他公會說不定已經來過這裡，發現找不到守城BOSS，才又跑到外面去？」敏敏猜測。

「有可能耶。」荷包蛋點頭，「可是照這情況來看，外面也沒守城BOSS的影子。現在應該就是看誰先找到BOSS，搶下一分積分點也好。」

銀提議道：「我們分開找吧，時間所剩無幾，其他公會應該不會再攻擊我們。」

看著其他成員各自散去，俞思晴站在原地，長嘆口氣。

她的技能被限制，連「疾步」都無法使用，別說幫忙，沒拖其他人的後腿就很好了。

乾脆來逛逛這座和他們公會無緣的城堡吧。反正以後要再來這裡，應該很難。下回開放的攻城戰，也不曉得會不會是同一個地圖、同一座城堡。

她沿著弧形樓梯來到二樓，隨意地逛著。

裝潢家具都偏向歐風，看得出是相當富裕的貴族城堡。房間也是多到數不清，幸好俞思晴的方向感並不差，不然她還真有點擔心會迷路。

「嗯？」俞思晴發現一扇石門，奇異地混雜在其他裝飾華麗的房門之中。「難道是裝飾？」

就在她伸手想要碰觸這扇門的時候，一個人伸手抓住她的手腕。

俞思晴嚇了一跳，轉過頭，發現巴雷特又擅作主張地變回人形，面色凝重地盯著這扇門。

不知為何，她想起從無緣人手中奪走短刀、給予肯特女神最後一擊的他，不由恐懼地瑟縮了一下。

巴雷特這才回過神來，低頭凝視著她。

「巴、巴雷特……」

「別怕，小鈴。」他靠近俞思晴，溫柔地親吻她的額頭，「我不會傷害妳，絕對不會。」

只是一個簡單不過的動作，就讓她放鬆下來，俞思晴頓時覺得自己方才的恐懼有些可笑。

「巴雷特，你怎麼了？」

「這扇門的後面，有股令我厭惡的氣息……」

俞思晴皺眉，「該不會……是和肯特女神同樣的傢伙？」

巴雷特嚴肅道：「我不確定，但很有可能。」

這話勾起俞思晴的興趣。她已經困擾了很久，她想知道，將肯特女神消滅這件事，究竟是對是錯。

她把手抽回，不顧巴雷特的阻止，擅自推開了門。

「小鈴——」

巴雷特追著她衝進漆黑的房間，聽到了鐵鍊冰冷的聲響。

瞬間，忽然有許多影像晃過巴雷特的眼前，讓他痛苦地跪下來。

「唔！」

「巴雷特！」俞思晴沒想到他會變成這樣，連忙回到他身邊。

巴雷特痛苦地揪著臉，緊緊抓住俞思晴。

兩人還沒搞清楚狀況，便聽到鐵鍊的聲響漸漸靠近他們。

俞思晴叫出螢光蟲，照亮偌大的房間。出現在眼前的，竟然是一隻三層樓高的雲豹。

獸眸緊盯著兩人，俞思晴可以清楚地聽到牠的喘息。

「這是……什麼？」她當場愣住。

要不是因為雲豹的四肢被鐵鍊限制，他們恐怕早就已經被牠撕成碎片。

「巴雷特，你終於出現在本王的面前了。」

這隻雲豹似乎認識巴雷特，咬牙切齒地開口，完全無視俞思晴。

「你這個……叛徒！」

雲豹說完，齜牙咧嘴地朝他們撲過來。

強大的氣勢讓俞思晴動彈不得，巴雷特把她緊緊抱在懷裡，凶狠地瞪著這隻雲豹。他知道雲豹身上有鐵鍊限制，牠只不過做做樣子，根本動不了他們。

「為什麼說我是叛徒？我根本不認識你。」

「不認識我？」雲豹抬起頭，顯得很訝異，隨即露出笑容，「有趣，你居然忘記本王是誰，難道你的記憶被限制了嗎？」

巴雷特愣了下，「這是……什麼意思？」

他知道自己有點不太對勁，畢竟之前他有過失去自我意識、擅自攻擊肯特女神的經驗。

這樣的感覺讓他很無助，同時畏懼著。

他怕自己哪一天，會在毫無知覺的情況下攻擊俞思晴。

「你知道什麼嗎？快告訴我！」

「哈哈哈！」雲豹突然仰頭大笑，「所謂的風水輪流轉，就是這樣的情況吧。」

「別笑！我是認真的！」

「那好，證明給我看。」雲豹叼起鐵鍊，「這條鐵鍊是你給本王鍊上的，解鈴還須繫鈴人，只有你能夠解開本王的封鎖。」

渴望得到解答的巴雷特，不假思索地起身走向雲豹。

「等等！巴雷特！」俞思晴連忙拉住他，「別過去，萬一是陷阱怎麼辦？」

「但這是一個機會。」巴雷特伸手輕撫俞思晴的臉頰，「我想要和小鈴在一起，所以我不想傷害妳。為此，我必須明白自己究竟是怎麼回事。」

看到巴雷特這麼認真的模樣，俞思晴知道自己沒辦法阻止巴雷特的決定，只好慢慢鬆開了手。

巴雷特走到雲豹面前。雲豹低下頭，將鎖鍊放在他面前。有些緊張的巴雷特深吸口氣，伸出手握住冷冰冰的鎖鍊。

瞬間，鎖鍊在他的掌心斷裂開來。明明他連一絲力氣都沒用，卻親眼看到它碎裂，雲豹說的是事實。

重獲自由的雲豹突然大吼一聲，伸爪將巴雷特踩在腳下。沒想到突然有道光箭射來，貫穿牠的前臂，痛得雲豹放聲慘叫，鬆開了爪子。

俞思晴趁機拉住巴雷特的手，讓他站在自己身後，重新拉弓對準雲豹的頭，光芒凝聚成箭，蓄勢待發。

「我不會讓你傷害我的武器ＡＩ。」俞思晴拋開恐懼，向雲豹宣示。

這把弓箭是她打到的珍藏副手武器，力量雖然沒有武器ＡＩ高，但好歹也是傳說級的橘裝。幸好她隨身攜帶，否則她沒有其他武器能夠阻止雲豹傷害巴雷特。

雲豹將光箭拔出，惡狠狠地瞪著俞思晴。

「哼……可惡的幻武使，別以為那種東西奈何得了本王。」牠高舉起頭，挺著胸膛對她說：「本王可是亞比列格的統治者！」

說完，雲豹張開血盆大口，朝俞思晴撲來。

巴雷特見狀，急忙想要將俞思晴拉到身後，卻見雲豹突然縮小，變成一團毛球，撞入俞思晴的懷裡。由於衝擊力道太大，俞思晴重心不穩地跌坐在地，巴雷特就這樣成了她的墊背。

這時，地圖傳來系統的聲音。

系統公告：請各位參加攻城戰的幻武使注意，攻城戰時間結束，此地圖將會在十秒後關閉，並強制所有幻武使離開。

「什麼！」貓咪大小的雲豹從俞思晴的胸前猛然抬起頭，驚愕道：「本王才剛重獲自由！什麼叫做強制關閉！奧格拉斯你這該死——」

話還沒說完，俞思晴和巴雷特就被傳送出去。之後那隻雲豹會有多麼氣憤，不用想也知道。

俞思晴和巴雷特坐在地上，大口地喘息。

其他幻武使也紛紛被傳送出來，每個人看起來都很氣憤的樣子。

「什麼啊！結果根本沒找到守城 BOSS，我看遊戲公司是在耍我們吧！」

「就是說，什麼攻城戰，沒目標還怎麼攻！」

俞思晴聽見其他幻武使的抱怨，抬起頭，正好看到一隻手伸到她的面前。

「還好嗎？」

「啊……銀。」

俞思晴把手交給他，回頭看向巴雷特，深怕他又突然衝過來阻止。沒想到巴雷特已經站起身，正呆滯地盯著亞比列格城。

俞思晴鬆口氣，向銀道謝，「謝謝，你們也都被傳送出來了嗎？」

「小泡泡——」耀光精靈衝過來抱住她，「結果還是找不到 BOSS 啦！嗚嗚嗚。」

「會長！我快沒氣了……」俞思晴差點被她的傲人雙峰擠得窒息。

其他成員過來會合，其他公會也各自聚集起來。

所有人都緊張地叫出系統，目不轉睛地等待公告。

過了幾分鐘，系統再次放出公告。

感謝各位幻武使參與這次的攻城戰活動，恭喜「新傳說聯盟」攻下亞比列格城。

其他幻武使不要氣餒，敬請期待下一次的攻城戰活動。

看到系統公告的瞬間，七個人驚訝得眼珠子都快掉出來。

竟然是他們公會取得第一次的攻城戰勝利！

「什麼！」

「這是怎麼回事？」

他們很快就成為其他幻武使的怨恨目標。

感受到四面八方而來刺人的視線，耀光精靈趕緊說：「總、總之先離開這裡，這件事情我們再好好討論。」

說完，她舉起法杖，使用傳送魔法，一口氣把所有人轉移到其他地圖。

要是再晚一點，恐怕他們就要被這些氣急敗壞的公會圍毆，直接回到重生點。

「到底是怎麼回事啊？」耀光精靈面容惆悵，怎麼樣也想不明白，「為什麼我們公會突然就奪下城了？一點實感也沒有。」

「就是說啊。你們有沒有什麼頭緒？」妳的名字氣憤地追問其他成員。

取得攻城戰的勝利後，他們並沒有想像中高興。雖然公會裡的其他成員對他們讚賞有加，但實際參與的他們卻被腦袋裡的眾多問題困擾著。

於是他們幾人私下找了時間，約在耀光精靈的叔叔開的咖啡廳見面。

俞思晴懷疑，他們公會能奪下城戰，是不是因為那隻雲豹。但這件事情和巴雷特有關，在她調查清楚之前，暫時不想讓其他人知道。

「我去看積分報告，我們公會是唯一有積分的，雖然不多，但總比零分高。」

忍著跪和妳的名字都很想知道原因。這件事情已經害他們失眠好幾天了！

「會、會不會是銀打倒的那隻怪？」最後和銀一起行動的敏敏猜測道：「搞不好守城 BOSS 混雜在其他普通守城怪之中，所以我們才找不到。」

「這倒是有可能。」荷包蛋附和她的想法，「最後兩分鐘，我和小名也都遇到了守城怪，我想應該就是我們打的怪裡面，湊巧有隻是守城 BOSS。」

俞思晴偷偷地鬆了口氣。幸好敏敏提出了能夠說服大家的理由。

「算了！不想了！」耀光精靈突然趴在桌上，「就當作是這樣吧！反正我們有城了，接下來要怎麼玩也是個重點。」

「嗯，確實，接下來才是問題。」銀附和道：「之後還會有其他公會向我們挑起決鬥。而且之後的攻城戰，若沒有開啟新地圖，就表示我們得對付全伺服器的公會了。」

「那麼，找人結盟呢？」想起無冠之王的做法，俞思晴覺得找其他公會結盟也是個辦法。

銀點點頭，「我贊同，不過這件事得謹慎處理，等明晚七點我們公會的聚會時間再來討論。」

「那我就發 LINE 訊息給其他人。」耀光精靈邊說邊拿出手機。

俞思晴感覺到自己的手機在震動，拿起來查看，卻發現不是公會的群組訊息，而是另外一個人。

「會長，不好意思，我有事必須先走。」俞思晴揹起包包，準備離去。

「小泡泡掰掰——」

「辛苦了！線上見！」

妳的名字和忍著跪很有朝氣地和她揮手道別。俞思晴也笑著回應。

「明晚七點，記得把時間空下來給我們喔！」耀光精靈不忘提醒。

俞思晴點點頭，「我會上線的，明天見。」

離開咖啡廳，俞思晴便用 LINE 和對方通訊。

「你怎麼會知道我的手機號碼？」聽到對方接起，俞思晴立即開口質問。

電話那頭傳來一陣笑聲。

「這可是我們在現實中的初次接觸，妳還真不客氣。」

「用不正當手法取得女孩子電話號碼的人，還希望對方客氣嗎？這可不是什麼浪漫的少女漫畫，大神下凡。」

電話另一頭，是很久沒跟她聯繫的大神下凡。

肯特女神的事件過後，她根本就沒和大神下凡聯繫，倒是和無緣人關係密切，偶爾還會約出去一起練等。

無緣人總是說，很希望他們三人一起去打副本，但總是聯繫不上大神下凡，讓他以為自己被大神下凡討厭了。

沒想到這人不只網路世界，連現實也打算騷擾她到底嗎？

「我老婆真凶。」

「我不是你老婆。」

「現在『還』不是。」

「……你如果只是想說這種無聊話，我就掛了。」

「等一下嘛，妳難道不好奇我傳給妳的訊息？」

俞思晴皺起眉。

她確實好奇，否則也不會主動回電話。

大神下凡在訊息裡稱她為老婆，還留下「幻武神話這款遊戲有問題」的奇怪發言，讓她在意得不得了。

想起那隻花豹在消失前，朝巴雷特喊出「奧格拉斯」這個名字，異樣的感覺就從她心底蔓延開來。

「怎麼回事？」

「嗯——」大神下凡故意拉長音，「說來話長，不如我們現在當面聊如何？我知道這附近有間好吃的義大利麵店喔，我請客。」

俞思晴立即停下腳步，驚愕地張望四周。

人來人往的街道，大多數人都低頭滑手機，唯獨一名男子抬起頭看她，並且拔下耳機，露出善意的微笑。

俞思晴全身僵硬，看著大神下凡慢慢走到自己面前。

「怎麼樣？很驚訝嗎？」大神下凡像是詭計得逞，調皮地笑著，「妳受到驚嚇的表情真可愛。」

說完，他低頭親吻俞思晴的額頭。

她渾身一震，連忙摀住被她親吻的地方，往後退了兩步。

「你、你真的是個跟蹤狂……為什麼會知道我在這裡？」

大神下凡舉起手機，在她眼前輕晃著。

「妳的手機是蘋果的吧？他們家的手機可是能夠輕鬆定位的喔。」

「唔……」

「別這麼擔心，我只是來找妳聊天而已。」大神下凡嘴上雖然這樣說，卻上下打量俞思晴，十分滿意地點頭，「話說回來，現實的妳比我想像中還要可愛許多，我還真是挖到寶了。」

俞思晴真想朝他的臉上揮拳。

「這些事情，我們之後有的是時間慢慢聊。」大神下凡親暱地勾住她的腰，「現在先來談正事吧，老婆大人。」

——《奧格拉斯之槍02攻城混戰》完

後記

Sniper of Aogelasi

各位好，我是每年五月必定會嗜睡犯懶的休眠模式啟動草。

最近的天氣就跟我的心情一樣多變，出門在外碰到下暴雨的機率根本有百分之五十以上。當然這機率高的原因，是因為我這個月基本上都在外出。除了稍微放鬆一下之外，還有就是想定期讓自己的腦袋淨空，這樣才有辦法繼續寫其他稿子。

只不過，身為工作狂的我，休息不到一個禮拜的時間就回歸工作的懷抱。

《奧格拉斯之槍》出版後，大家給我的回應都還不錯，讓我越寫越有動力，畢竟網遊小說我平常沒什麼接觸，雖然知道很多人寫，但自己動手總是有點不習慣。多虧這次有兩部作品一起練習，總覺得我已經能夠漸漸抓住網遊的寫法了，只是，比起老梗設定的網遊，我更想嘗試不同、比較新穎的網遊設定。（已經開始有新坑構想）

認識我的讀者都知道，我是個名符其實的設定控，像是網遊和架空、奇幻、穿越等等，都是我寫得比較順手的類型，從零開始設定的世界實在太好玩了，欲罷不能！在寫《戀副》還有《六仙》的時候，就是這麼快樂！不過我已經很久沒有寫搞笑小說了，最近都是正經向故事，下次的新坑，要不要再來「惡搞」一下

呢？（掩嘴）

謝謝大家購買《奧槍》，喜歡這個故事，也請大家繼續支持我，這樣我就能繼續創作更多有趣的故事給大家看了。

草子信

草子信ＦＢ：https://www.facebook.com/kusa29

高寶書版集團
gobooks.com.tw

輕世代 FW241

奧格拉斯之槍02

作　　者　草子信
繪　　者　arico
編　　輯　林紓平
校　　對　謝夢慈
美術編輯　彭裕芳
排　　版　彭立瑋
企　　劃　姚懿庭

發 行 人　朱凱蕾
出　　版　英屬維京群島商高寶國際有限公司臺灣分公司
　　　　　Global Group Holdings, Ltd.
地　　址　臺北市內湖區洲子街88號3樓
網　　址　www.gobooks.com.tw
電　　話　(02) 27992788
電　　郵　readers@gobooks.com.tw（讀者服務部）
　　　　　pr@gobooks.com.tw（公關諮詢部）
傳　　真　出版部　(02) 27990909　行銷部 (02) 27993088
郵政劃撥　19394552
戶　　名　英屬維京群島商高寶國際有限公司臺灣分公司
發　　行　希代多媒體書版股份有限公司/Printed in Taiwan
初版日期　2017年7月

國家圖書館出版品預行編目(CIP)資料

奧格拉斯之槍 / 草子信著.-- 初版. -- 臺北市 :
高寶國際, 2017.07-
冊； 公分. --

ISBN 978-986-361-418-0(第2冊 : 平裝)

857.7　　106007904

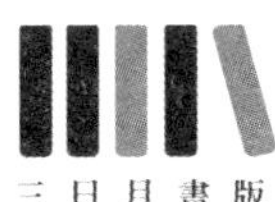

三日月書版

三日月書版

GOBOOKS
& SITAK
GROUP©